EPAMINONDAS GOIABEIRA & A MÁQUINA DA FELICIDADE

© Júlio Emílio Braz, 2020
© Oficina Raquel, 2020

Editores
Raquel Menezes
Jorge Marques

Assistente editorial
Yasmim Cardoso

Revisão
Oficina Raquel

Capa e projeto gráfico
Raquel Matsushita

Diagramação
Entrelinha Design

Dados internacionais de catalogação na publicação (CIP)

B827e   Braz, Júlio Emílio, 1959-
        Epaminondas Goiabeira & a máquina da felicidade / Júlio Emílio Braz. – Rio de Janeiro: Oficina Raquel, 2020.
        88 p.; 21 cm.

        ISBN 978-65-86280-36-4

        1. Literatura infantojuvenil brasileira I. Título.

CDD 808.899282
CDU 821.134.3(81)-93

Bibliotecária: Ana Paula Oliveira Jacques / CRB-7 6963

Este livro segue as novas regras do Acordo Ortográfico da Língua Portuguesa.
Todos os direitos reservados à Editora Oficinar LTDA ME. Proibida a reprodução por qualquer meio mecânico, eletrônico, xerográfico etc., sem a permissão por escrito da editora.

www.oficinaraquel.com

Todos aqueles que fizeram grandes coisas,
fizeram-nas para sair de uma dificuldade,
de um beco sem saída.

CLARICE LISPECTOR (in *Sábado, com sua luz*)

27 de outubro de 1973
Niterói

Já se contam em umas boas cinco dezenas de anos, uma eternidade realmente, o tempo que me separa dos anos extraordinários e de intensa felicidade e despreocupação, quando estive em Monsuaba e, mais do que isso, conheci Epaminondas Goiabeira.
    Nem sei bem porque pensei nele hoje de manhã. Chove fino, porém persistentemente, desde a madrugada. Tive que deixar para lá a caminhada a que me dedico desde os sessenta e três e depois que, no último dia em que enfrentei a chuva com muita crença e pouco juízo, tropecei, me machucando feio. Melhor não. Fiquei em casa.
    O apartamento vazio é uma companhia inóspita. Fiz café e me tranquei na biblioteca. Provavelmente foram os livros que me fizeram pensar em Epaminondas. Ainda conservo num canto da mais antiga prateleira todos aqueles que ele me deu no verão em que nos conhecemos e participei de seus esforços gloriosos para construir a não menos gloriosa máquina da felicidade.
    Por outro lado, pode ter sido a notícia que chegou com aquele telefonema rápido de madrugada. A notícia sussurrada apressadamente. Algo mais ou menos esperado, mas que, de qualquer forma, doeu demais.
    Meu filho morreu. Quer dizer, ele está desaparecido, o que, em se tratando desses dias permanentemente nublados em que vivemos desde 64, resulta no

mesmo. Há muito tempo significava a mesma coisa para mim. Em certa medida, aquele telefonema pela manhã apenas materializou minhas certezas mais triviais. Meu filho único estava morto, o corpo acabara de ser encontrado num bairro afastado na cidade de Santos. Minha nora foi para lá. Minhas netas a acompanharam. Preferi não ir.

Pode ter sido a solidão mais forte e absoluta, recente. Pode ter sido um monte de coisas. Como disse, não sei muito bem o que me levou àquele ano exatamente, ou àquela lembrança tão distante em meus nove para os dez anos. De qualquer forma, não se trata de um conto de fadas nem uma narrativa poderosamente heróica ou algo mais aventuresco, mas de uma história suficientemente interessante para que eu, uma vez pai, duas vezes avô e pelo menos uma vez bisavô, dois meses apenas viúvo, me lembre dela.

A lembrança vem de uma vez. É clara. Brilhante como um dia de sol forte em janeiro. Não há aquele tom esmaecido e gasto de velhas fotografias, mas a nitidez cintilante de uma recordação e de fatos inesquecíveis, como se tivesse acabado de acontecer, como se eu pudesse abrir a porta e cair mais uma vez dentro de cada um daqueles dias passados na companhia de Epaminondas Goiabeira. Lá estão o rio barrento onde quase me afoguei, mais uma vez desaguando no mar calmo de Monsuaba, a praia da Baleia, a vastidão vazia das praias sonolentas, as rochas no alto das quais eu contemplava o mar e fugia de qualquer melancolia ou solidão, entregando-me a alegres aventuras em navios piratas imaginários e outros tantos prazeres passíveis de serem encontrados apenas na imaginação dos mais tristes.

Inevitável igualmente lembrar do casarão em que vivíamos na São Clemente e do quarto de cujas janelas

eu volta e meia via Rui Barbosa sair de sua casa no outro lado da rua, o carro reluzente, o motorista e todos à sua volta tratando-o de modo reverente, quase como que diante de um deus. Um deus tão baixinho...
Éramos tão pequenos dentro daquele casarão.
Meu pai. Minhã mãe. Os empregados. Eu. Volta e meia, aparecia uma tia de Minas, um amigo de meu pai vindo de São Paulo ou de outros tantos lugares que a maioria eu me dou o direito de simplesmente esquecer. Eram os chatos que volta e meia tiravam a atenção e o carinho de meu pai. Pior do que eles, somente seus filhos, que vinham estudar no Rio e em muito pouco tempo se achavam os donos de nossa casa. Um deles, hoje em dia, não sai das páginas dos jornais. É gente importante. Faz parte do governo que se instalou em Brasília logo depois de 64 e inclusive, digam o que disserem, matou o meu filho. Meu único filho.
Família. Fiquei pensando na mesma coisa a manhã inteira. Talvez simplesmente porque a minha está se acabando bem diante de meus olhos e eu não possa fazer nada para mudar ou impedir o seu fim.
Quer saber?
Nem chorar, chorei.
A troco de quê?
Continuei pensando e acabei pensando em minha família.

Lembro-me de que não éramos realmente uma família feliz. Não como as de meus amigos da escola. Eu vivia bem sozinho e a solidão só não era maior porque eu tinha os livros. Sempre os tive. Muitos livros. Livros vindos até de outros países (naqueles tempos, muitos dos livros que líamos era em Francês, pois ao que parecia ou pelo menos o que eu supunha, não havia gente interessada em ler no Brasil ou em publicar livros). Lia e lia e passei a ler ainda mais por conta da febre que veio depois da Grande Guerra, e finalmente chegara até nós. Foi uma época de muito medo. Muita gente estava morrendo no mundo, no Brasil, pela cidade, em todo lugar. Até o presidente morrera alguns meses antes e não parecia existir qualquer coisa a se fazer a não ser, claro, trancar-se em casa. Todo mundo estava trancado em casa; ou pelo menos todo mundo, exceto meu pai.

Meu pai era um homem triste. Uma tristeza recente, é bem verdade (que apareceu depois que minha mãe morreu e foi crescendo à medida que percebíamos que estávamos sozinhos, um com o outro; estávamos juntos e mesmo assim, era como se estivéssemos sozinhos). Fora as horas inevitáveis do café da manhã, do almoço e do jantar, assombrávamos nossos próprios territórios na vastidão de nosso casarão em Botafogo.

Desde que minha mãe morrera, ele era um homem triste, um vulto que passava pelo corredor a caminho da sala ou da biblioteca, onde quase sempre lia até o dia seguinte ou se debruçava sobre as pilhas de processos que trazia do tribunal.

Imaginação é algo poderoso quando se é criança e a gente fantasia mesmo. Eu fantasiava que meu pai tinha medo de dormir e descobrir que não podia mais acordar, que estaria onde minha mãe estava. Eu achava que meu pai tinha medo de dormir e encontrar minha mãe e, como a amava demais, não quereria despertar e perdê-la novamente. Por isso, recusava-se a dormir. Fechar os olhos era o seu maior pesadelo. Nem a Espanhola (era o nome que deram à gripe que estava matando todo mundo, acho que foi porque ela havia vindo da Espanha ou algo assim) o assustava tanto.

Encurralado pela escuridão e pela dor, meu pai preferia a luz distante e silenciosa de seu escritório. Era um homem ensimesmado e carrancudo, os olhos sem brilho, as olheiras das noites insones conferindo-lhe um aspecto doentio.

Nada importava para ele a não ser o seu trabalho. Ia e vinha feito um fantasma. Saía bem cedo e voltava bem tarde. As cartas se acumulavam sem que as respondesse. Não atendia ao telefone. Foi por conta de tão grande desinteresse que, numa certa manhã de outubro, Tio Marivaldo apareceu lá em casa.

Era dois dias antes desse em que acabo de descobrir que perdi meu filho. Mês igual. Mais de cinco décadas para trás.

Não demorou muito e os dois estavam brigando; por minha causa, é claro. No entanto, não fazia muita diferença, pois se não fosse por minha causa, seria por qualquer outro motivo.

Todo mundo dizia que era briga antiga, que começara quando os dois ainda eram crianças e disputavam o amor e as atenções de meus avós. Não se viam depois que, meu avô, já viúvo e solitário num casarão em Botafogo, morrera. Nem um pouco diferente das outras vezes, os dois ficaram se xingando e gritando um com o outro por um bom tempo até que a casa inteira mergulhou em um silêncio repentino, que se prolongou por quase meia hora.

Teriam exagerado e se matado?

Que ideia mais descabida!

O silêncio enchia minha mente com toda sorte de pensamentos e suposições, as mais sombrias me levando a achegar-me à escada, no alto da qual podia encontrar o escritório de meu pai.

O que estava acontecendo?
Por que nenhum deles aparecia?
E os empregados?
Por que nenhum deles subia aquela escada e via o que estava acontecendo?

Nem sei por quanto tempo fiquei na biblioteca esperando por alguém. Cheguei a pensar em esgueirar-me até a porta e sair, aproximar-me da escada novamente (algo que fiz duas ou três vezes, recuando, assustado, sempre que ouvia algum ruído) e rumar para o escritório de meu pai a fim de ouvir ou ver qualquer coisa, a começar pelos dois.

Desisti. Meu pai não gostava de bisbilhotices. Eu teria problemas. Grandes problemas.

A paciência de meu pai com tais comportamentos era praticamente nenhuma e, em contrapartida, sua mão se tornava pesada quando me surpreendia em tais situações. Melhor não.

Cautelosamente, fiquei onde estava. Olhando em volta, vendo o dia diluir-se na escuridão da noite. Estrelas, poucas estrelas no céu. Cochilei. Fui despertado por meu pai. Ele estava carrancudo e sério – como sempre – mas notei uma inesperada e genuína preocupação em suas palavras quando disse:

Você vai para a casa do seu tio em Monsuaba.

Falou da gripe que tomava conta da cidade, alegou que estava preocupado com a minha saúde e segurança que, naquele momento, era a mesma coisa, e garantiu que logo que a situação melhorasse, ele iria pessoalmente me buscar.

Não havia muito o que dizer depois disso, não é mesmo?

Concordei com um aceno de cabeça. Sabia que ele cumpriria a sua promessa. Era um homem de palavra o meu pai, diziam todos. Parti no dia seguinte e naquela hora nem podia imaginar e muito menos saberia que seria a última vez que veria meu pai.

Quer saber?

Em certa medida, meu tio e meu pai eram bem parecidos. Havia o cavanhaque e o farto bigode a distingui-los fisionomicamente (meu pai abominava tais coisas), a circunferência avantajada de meu tio o distanciava da figura esguia de meu pai. Outra distinção era o forte apreço à vida no campo que levara meu tio a possuir vastas extensões de terra na região de Monsuaba e várias fazendas em Vassouras, Mendes e Miguel Pereira. Meu pai era um homem da cidade, apreciador das comodidades oportunizadas pelas novas tecnologias que chegavam cada vez mais depressa em cidades como Rio de Janeiro e São Paulo. No entanto, o temperamento era idêntico.

Ambos eram igualmente austeros e mais justos do que bondosos. Não tinham maiores preocupações em serem agradáveis ou simpáticos. Outra característica comum tanto a um quanto a outro, o silêncio persistente incomodava. Meu tio não abriu a boca durante toda a viagem e foi apenas quando chegamos em Monsuaba que encontrei gente interessada em conversar comigo: minha tia Elvira e meus quatro primos, os barulhentos filhos de ambos (por mais inacreditável que parecesse), e Pachequinho, o filho da cozinheira da família, Nhá Cecília, que viria a se transformar em meu melhor amigo mesmo depois que voltei de Monsuaba. (Apesar de negro e de enfrentar todas as dificuldades inerentes a sua pigmentação acentuada, a começar pela hipocrisia daqueles que continuam repetindo que não existe preconceito racial no Brasil, Pachequinho se tornou um dos maiores advogados que conheci e prefeito de uma cidadezinha mineira perto de Rio Pomba, Roseiral, eu acho).

Parece injusto de minha parte me queixar do tratamento que recebi de meu tio, primeiro porque sua preocupação com a minha segurança era sincera, e depois, porque, naqueles tempos, a viagem para Monsuaba não podia ser definida como das mais tranquilas e seguramente estava longe de ser confortável. A estrada até Barra Mansa (onde passamos a noite em um hotel próximo da estação do trem) não poderia ser mais esburacada e, depois das últimas chuvas, encontrava-se ainda pior. Buracos enormes abriam-se traiçoeiramente a nossa frente e, pouco depois de Barra Mansa, quando nos pusemos a descer para Angra dos Reis, a situação metia medo. O carro sacolejava e estremecia de modo apavorante, como se estivesse prestes a se desfazer após cada buraco, curva ou poça de uma água lamacenta e escorregadia.

Será que não existia maneira mais tranquila e segura de se chegar a Monsuaba?

Foi uma pequena e angustiante aventura. Quase despencamos barranco abaixo depois de uma curva estreita e muito íngreme perto de Mato Alto. Noutra ocasião, assim que passamos por Córrego Rico, a correnteza atravessara a estrada e a interrompera com uma poça das grandes, que nos deu muito trabalho para contornar. Nuvens escuras nos acompanharam ameaçadoramente por boa parte da viagem e choveu sem parar por mais de três horas. Não enxergávamos nada, mas foi possível pelo menos vislumbrar a pedra enorme que rolou do alto de uma encosta e quase nos atingiu.

Por que tivemos de ir de carro?

Não podíamos ir de trem pelo menos até Barra Mansa?

Teimosia talvez fosse a diferença mais profunda entre meu pai e meu tio. Enquanto um era extremamente racional, o outro, meu tio, era daquele tipo de teimoso rabugento e obstinado que, quando encasquetava uma ideia na cabeça, arredava o mundo inteiro para dar-lhe vida e realidade. Ele cismara de levar-me em seu carro e assim o fez, apesar das inúmeras dificuldades e o inegável risco. Chegamos tão enlameados quanto o carro, mas chegamos.

Os primeiros dias na casa de meu tio em Monsuaba foram sonolentos e presos as suas quatro paredes. Chovia forte. Nem ele saía muito e mesmo contrariado, mas resignado, ficava a maior parte do tempo enfurnado em seu escritório, mexendo e remexendo em papéis de todo tipo e tamanho, escrevendo longas cartas que só enviaria duas semanas mais tarde, assim que parou de chover.

Ao contrário dele, que, trancado em um escritório cujas paredes cobriam-se com altas estantes onde se amontoavam livros que eu jamais em tempo algum vira pegar e muito menos folhear, Tia Elvira gostava muito de ler e passara tal gosto para os filhos. Era divertido ficar na sala lendo um para o outro os livros que mais apreciávamos. Rogério, o mais velho dos meus primos, não só gostava como se divertia interpretando certos personagens e recitando suas falas (para desgosto de meu tio, ele desistiria da carreira de advogado para se tornar ator até de relativo sucesso lá para os anos de 1940, principalmente na Rádio Nacional). O grande sonho de Maurício sempre fora ser um detetive tão bom quanto seu grande ídolo, Sherlock Holmes. Ele conhecia todos os detalhes de cada história dele e não necessitava ler qualquer uma para se pôr a recitá-las, quase palavra por palavra, tantas vezes as lera. Longe de ambicionar ser um Watson e dividir o apartamento no 221-B da Baker Street, dizia que daria qualquer coisa para ser um dos chamados irregulares, os meninos de rua que eram seus olhos e ouvidos e conheciam cada canto de Londres como a palma de suas mãos.

A diplomacia brasileira em certa medida subjugou seu ímpeto aventuresco e seu interesse pelo combate à criminalidade. Hoje ele está feliz e tranquilo em nossa embaixada em Londres, evidentemente.

Demóstenes fazia jus ao nome: era introspectivo, caladão (o mais parecido com o pai) e dado a uma fala empolada e cheia de palavras difíceis, um verdadeiro dicionário humano. Mirrado, a cabeça era desproporcional ao resto do corpo, grande e rala em cabelos, o que, muito tempo mais tarde, redundaria na reluzente careca de um dos maiores filólogos do país. Naqueles tempos, então, era somente o Cocão, apelido que odiava e o atirava a brigas frequentes onde sobrava raiva e contrariedade e faltava juízo, brigando até com gente duas, três vezes maior do que ele. Volta e meia, o filósofo valentão (brincadeira de seu pai) aparecia com os nós dos dedos esfolados e este ou aquele olho roxo, cotovelos, braços e pernas arranhados. Naturalmente se transformou no brigão da família, o sangue quente, aquele que tirava os irmãos da briga e entrava nelas com muito prazer. Diante disso e alguns anos mais tarde, seria justamente a ele que o pai entregaria a responsabilidade de vigiar a irmã quando ela começou a namorar (para intimidar os pretendentes mais atrevidos e assanhados com seu olhar permanentemente beligerante e a temível cara de mau). Chegava a ser engraçado: a pobre-coitada e o infeliz que resolvia namorá-la com Demóstenes sentado entre ambos, óculos de lentes grossas apoiado na ponta do nariz, os olhinhos cinzentos faiscando de interesse, fixos numa das páginas da Scientific American ou da National Geografic (em inglês naturalmente) que meu pai mandava para ele do Rio de tempos em tempos.

Pobre Heloísa!

Única menina entre quatro filhos e a mais nova entre eles, a caçula mimoseada, paparicada, mas igualmente vigiada por todos. Heloísa era o nome dela.

"Se nada mais der certo em sua vida, você pode fazer anúncio de pasta de dentes", disse a ela certa vez, alguns anos depois daquelas férias forçadas em Monsuaba.

Ela tinha o mais lindo sorriso em que já pus meus olhos. "Berenice!", brincava o Cocão, lembrando-se da personagem do conto de Poe, com seus dentes alvíssimos e sedutores.

Sabe, houve uma época, alguns anos mais tarde, quando fiz o comentário sobre seus dentes e sobre os anúncios de pasta de dentes, que estive bem interessado em Heloísa.

Dizer o quê?

Já ouviu aquelas histórias desaconselhando o relacionamento e o casamento entre primos?

Nem dei bola. Foram dois anos muito gostosos e nós realmente nos amamos.

O que deu errado?

Não sei. De qualquer forma, o interesse não era tão grande assim e ela não fez anúncios de pasta de dentes e foi uma mulher muito feliz ao lado de alguém que a amou até o último de seus dias, dois anos atrás em uma praia tranquila de Parati. Por outro lado, nos domingos mais escuros e nos dias de maior tristeza de minha vida, quando chorar era fácil e a melancolia se estendia até por semanas, era Heloísa que conseguia me devolver a qualquer felicidade mais ou menos palpável. Foi assim até há pouco tempo (e lamento que não esteja aqui neste momento).

Ainda hoje, basta fechar os olhos com bastante força e sou capaz de vê-la agora como via naqueles meses que passei em Monsuaba. Os cabelos negros e longos, sempre presos em duas tranças. Os olhos azuis-acizentados com os cílios longos que piscavam repetidamente, de modo praticamente hipnótico, irresistíveis, quando queria algo de nós ou simplesmente nos submeter às suas vontades. A maciez da pele de pêssego (como eu definia). Os pequenos e delicados pés que costumavam afundar na areia fofa da praia da Baleia ou abandonar ao contato morno das ondas nas vezes em que se estirava preguiçosamente nas pedras escuras que se amontoavam onde a embocadura do riacho Arvoredo se encontrava com o mar.

Ah, Heloísa...

Verdade seja dita: desde que cheguei, todos se esforçaram para me agradar e, antes disso, para me tranquilizar. Não foram dias insípidos e solitários, muito menos tristes. Por mais que eu procurasse disfarçar, sabiam que eu estava preocupado com meu pai. Ele ficara no Rio e, mesmo naquela lonjura, notícias sobre a Espanhola nos alcançavam com alarmante e desagradável rapidez. Informações sombrias e segundo meu tio (e nem sei se somente para me acalmar), exageradas, apavoravam com seus relatos sobre dezenas e até centenas de mortos espalhados por suas ruas, avenidas e praças, de gente caindo morta feito moscas. Cheguei a ter pesadelos e, em todos, meu pai delirava, chamava por mim e morria gritando meu nome.

Por essas e por outras, nenhum deles me deixava sequer um segundo parado ou entregue à solidão de meus pensamentos e temores. Não, eu não tinha carta branca para fazer o que bem entendesse, até porque meu tio não me daria tal moleza. Aliás, por conta de seu temperamento e nosso natural entusiasmo, logo nos primeiros dias, pular na cama ou desenvolver barulhentas guerras de travesseiros em meu quarto estavam proibidos. Ir à praia sem um adulto também. Eu e meu primo Cocão desafiamos um ao outro a ver quem lançava o outro a maior altura com a ajuda e impulso de uma gangorra que existia nos fundos do casarão. Ganhei e o arremessei bem alto. Infelizmente nenhum de nós pensou no que aconteceria quando despencasse das alturas. Ele quebrou o braço direito, meu tio esbravejou como um louco (na minha opinião, menos pelo braço quebrado e mais por conta do trabalho que deu levá-lo a Angra dos Reis para engessar aquele braço; trabalho e custo, pois o médico tirou um bom dinheiro de seu bolso) e a gangorra virou lenha para o fogão.

Outras restrições foram sendo acrescentadas àquelas primeiras, na medida em que nossa imaginação ganhava asas poderosas e íamos encontrando novas formas de meu tio, sucessivamente, ir perdendo a paciência, gastando mais dinheiro com os prejuízos que lhe causávamos e por fim, mas não menos importante, sendo mais frequentemente tirado de algum lugar bem distante por conta de nossas travessuras. Resultado: os nossos dias foram se tornando mais aborrecidos e as muitas coisas que certamente apreciaríamos fazer (as perigosas exercem um delicioso fascínio em cada um de nós, mesmo no sempre sensato Cocão, por sinal, o maior puxa-saco do pai, a quem relatava tudo o que planejávamos fazer), restritas a monótonos passeios pela praia (nem podíamos pensar em entrar na água) ou pela vertiginosa descida através da queda d'água do riacho Arvoredo.

 Descer uma queda d'água ?
 Mas isso não era perigoso?
 Com certeza. Que graça teria se não o fosse?
 Como crianças, ainda não tínhamos descoberto a morte e a perda, e consequentemente os medos e os

sentimentos ruins que elas provocam. Claro, isso fazia toda a diferença do mundo.

Quem ligava para o perigo?

O riacho descia por uma longa e razoavelmente íngreme encosta, uma torrente fria, límpida e barulhenta que ia escurecendo e se tornando barrenta enquanto jorrava na direção da praia da Baleia. Uma mata densa, os galhos mais longos e nodosos estendendo-se e se transformando em obstáculos a que somávamos as pedras de todas as formas e tamanhos que afloravam pelo caminho. Éramos obrigados a ziguezaguear, quase sempre aos gritos, entre elas, abaixando e nos esquivando, enquanto escorregávamos, uns agarrados aos outros, ora sentados em um grande saco de estopa, ora em uma das grandes folhas das bananeiras que encontrávamos nas ribanceiras que se debruçavam e de tempos em tempos, esboroavam e caíam no mar de águas calmas e esverdeadas.

O que dá sabor à vida, o que a torna relevante, gostosa de ser vivida ou pelo menos suportável, são esses momentos, lembranças dos tempos de criança, as trivialidades mais pessoais, minúsculas realmente, algumas que esquecemos por anos até, e que emergem de uma hora para a outra, horas ruins como é possível imaginar, onde nos questionamos exatamente sobre o significado de existir e passar por incontáveis situações que ao fim de tudo e na maioria das vezes não significarão nada nem para mim nem para ninguém.

Ah, que lembranças! ...

A água espirrando, desprendendo-se do leito escorregadio, a lama grudando em nossos cabelos, os sorrisos, muitos – dezenas, centenas, milhares -, os corpos estatelando-se nas ondas miúdas da praia da Baleia.

O prazer de existir pode ser definido por tais momentos de intenso prazer. Pequenas coisas. Nada que vá alterar o destino geral de todas as coisas no universo, mas minúsculas preciosidades cujo valor fica impregnado na memória, uma história, aquela que construímos para nós mesmos e é importante até para seguirmos em frente.

Descer ribanceira abaixo, esquivando-me das pedras, lama e água respingando no corpo, sujando e molhando, era o grande prazer. Liberdade. Estar livre, completamente despojado de tudo e de todos, como se tivesse abandonado a vida e todos os problemas e preocupações na margem íngreme e coberta de mato, e nada mais importasse a não ser a eternidade fugaz daquele prazer até bobo, porém todo meu.

Geralmente íamos com minha tia e algum empregado. Meu tio dizia que aquela bobagem podia ser perigosa. Podíamos bater em uma das pedras ou mesmo nos afogar nas águas calmas do mar na praia.

– Todo cuidado é pouco – repetia, cauteloso.

Chegara a proibir, mas os protestos foram tantos e tão frequentes, bem como o jeito carinhoso e persuasivo de minha tia para erodir sua resistência, que, por fim, ele entregou os pontos e revogou sua própria proibição. De qualquer modo, não podíamos ir sozinhos. De modo algum. E ninguém ousava contrariar meu tio quando ele brandia autoritariamente o grosso e peremptório indicador de sua sólida e calosa mão esquerda – outra das ponderáveis dessemelhanças entre ele e meu pai, com sua mão macia e de dedos longos e finos. Aliás, uma mão que poucas vezes vi desabar sobre meus primos e nunca sequer tocara com alguma violência a minha tia, até mesmo porque seus olhares, dardejantes e cheios de autoridade, eram bem mais eloquentes e temidos, suficientes para granjear o respeito que merecia e desejava. Mais respeitados, apenas seus prolongados silêncios, o sólido mas, por vezes, desolador castelo cujas muralhas inexpugnáveis somente minha tia – e mesmo assim, de maneira das mais parcimoniosas – obtinha autorização para ultrapassar – sem sombra de dúvidas, a semelhança fundamental entre ele e meu pai.

Eu sempre o obedecia, na maioria das vezes por respeito, mas, acima de tudo, por gratidão. Compreendia a proteção que encontrava por trás da forte couraça de gestos bruscos e até a premeditada grosseria de suas palavras, algo empreendido bem lentamente ao longo daqueles meses passados juntos em Monsuaba. Fácil vislumbrar-se uma alma generosa e preocupada com todos à sua volta. Meu tio não era dado à generosidade superficial e inconsequente e muito menos à tola bondade irrestrita, feita inclusive à revelia daqueles que em princípio serão os maiores beneficiários da mesma. Não lhe interessava que os outros o vissem como bom, alma generosa ou qualquer definição do tipo. A ele, como a meu pai, interessava a consciência tranquila, o que os levava a melhor das bondades, a anônima, aquela feita para alguém e não apesar de alguém.

Criatura bem estranha, não?

Principalmente nesses dias sombrios que vivemos, em que apreciamos trombetear aos quatro ventos como somos bons e preocupados com os outros, desde que haja generosa plateia para testemunhar tal benignidade, é claro.

Eu o respeitava profunda e sinceramente. No entanto, vez por outra, o calor se fazia dos mais insuportáveis, o sol maravilhosamente convidativo, meus primos tinham outros interesses e minha tia, muitos outros afazeres. Eu lutava, resistia a mim mesmo, pensava em meu tio e em como o magoaria se fizesse o que estava pensando em fazer, mas, por fim, escapava para as corredeiras do riacho.

Um verão interminável. Céu e terra redemoinhando e meu corpo deslizando pela correnteza fria, espumante, prisioneiro do inesperado que podia vir de forma repentina no instante seguinte, quando despencava para a vastidão tranquila da praia da Baleia.
Eu subia e descia e em certas ocasiões, até esquecia, nem via o tempo passar.
Verde.
Mata. Céu. Nuvens. Azul. Branco. Lama. Cinza.
Pedra.
Areia barrenta.
Era o melhor dos mundos. O mundo que eu gostaria de ter sempre e todo para mim. Naqueles poucos segundos e nunca mais de maneira tão absoluta, experimentaria semelhante e grandiosa sensação de paz. Nunca mais.
Não era fácil empreender tais incursões solitárias de prazer. Por vezes, eu esperava até duas semanas, mais exatamente os dias em que meu tio ia a Angra dos Reis ou bem mais distante, a uma de suas fazendas: e mesmo assim, volta e meia era surpreendido por uma volta inesperada – seu aparecimento repentino na cachoeira num daqueles dias, me fez perder o equilíbrio; caí desajeitadamente ribanceira abaixo, um desespero só enquanto procurava me livrar das pedras, chocando-me e me arranhando em uns galhos e punhados de folhas mortas. Só escapei de uma bela surra (o cinto já estava na mão dele) porque quase morri afogado ao alcançar a praia. Passei mais três dias na cama e um mês inteiro confinado no quarto, a mercê dos senhores Stevenson, Verne e Doyle, sozinho e cujos livros, depois de lidos, eu tinha que contar para meu tio quando ele acabava de jantar – e, diga-se de passagem, sem esquecer uma vírgula sequer.

Mesmo vigiado, eu sempre encontrava uma maneira de escapar. Ninguém era tão bom – e justiça seja feita, Cocão, a pedido do pai, foi sentinela dos mais zelosos em seu ofício e na incumbência que recebera – nem maior e mais poderoso do que o fascínio que aquela cachoeira despertava em mim. Nem preciso dizer que fui lá outras vezes e muito menos que em todas experimentei uma sensação tão embriagadora de liberdade e consequentemente, de felicidade, algo que jamais voltaria a experimentar ao longo de todos esses anos (creio que já disse isso, não?). Lembro-me de todas, cada sensação, até o mais insignificante detalhe, mas uma em especial ajeitou-se mais marcante e gostosamente em minha memória.

Mais uma vez me esgueirara para fora do casarão mal meu tio virara as costas e Cocão descuidara-se, atento que estava na leitura de uma de suas revistas. Rumei para o riacho. O contato frio de meus pés com a terra úmida provocava arrepios. Um bando de tucanos passou voando numa confusão das mais barulhentas sobre minha cabeça, diluindo-se no verde orvalhado e cintilante da mata que estrangulava as trilhas que, coleantes, subiam e desciam, como que intermináveis. O mar rugia distante.

Meu Deus, eu gargalhava de puro prazer!...

De que me importavam as consequências – pois bem sabia, elas viriam até de maneira com certeza dolorosa – ou mesmo os riscos?

Subi e desci mais vezes de que consigo me lembrar e aquela descida nem seria a última quando desequilibrei-me, bati em uma das pedras e fui rolando e rodopiando pela correnteza, pernas e braços agitando-se como se estivessem prestes a se desprender do corpo, eu me esforçando para agarrar qualquer uma das muitas raízes que afloravam das margens ou que emergiam do leito barrento ou encontrava pelo caminho. Tudo em vão. Fui caindo, caindo, caindo... bati com força contra uma onda que arremetia sobre as águas que despejavam da cachoeira.

Doeu. Foi como se tivesse batido em um muro. Tudo girava à minha volta. Senti-me zonzo. Náuseas. Não vomitei porque muita água entrou boca adentro, sufocando meus gritos. Aflito, acreditei que morreria afogado.

Submergi e emergi muitas vezes, mais do que conseguiria contar; isso é, se estivesse preocupado em fazê-lo. E não estava, mas, pelo contrário, morria de medo. O medo era tanto que nem sobrava tempo para o arrependimento que viria bem mais tarde.

A água entrava pela boca, nariz, até pelas orelhas. Eu buscava apoiar os pés em algum lugar, nas pedras, na terra fofa. Impossível. A solidez do mundo desfazia-se ao menor toque, como se nada existisse a não ser toda aquela água, aquele inimigo líquido e invencível.

Naqueles tempos ainda não se falava dessas bobagens de rever toda a nossa existência quando estamos morrendo, ou eu estava muito ocupado lutando pela minha própria sobrevivência. De qualquer modo, não me ocupei de inventariar minha existência. Os onze anos ajudaram.

O que eu teria para lembrar com tão pouca idade, não é mesmo?

Água. Água. Muita água.

Eu ia morrer. Não restava a menor dúvida. Eu ia morrer naquela praia, em meio àquele turbilhão descontrolado de água e espuma, eu ia...

Penso que desmaiei ou algo assim. Fragmentos estranhos e totalmente desconexos povoam ainda hoje minha mente e, do pouco que me recordo, estão as mãos fortes mas pequenas que agarraram um de meus

braços e me puxaram para o vazio tirintante de frio da fina aragem que soprava do mar e fizera com que eu me encolhesse entre os braços de alguém. No mais, nada. Um negrume profundo e hostil.
Terra.
Mar.
Alguém me carregando e a praia amesquinhando--se na distância.
A próxima lembrança foi o rosto de Epaminondas Goiabeira.
– Ah, finalmente... – disse ele, sorridente, retirando o óculos e levantando-se da cadeira em que estava sentado. Apresentou-se e aumentando ainda mais a minha perplexidade, alargou seu já enorme sorriso e garantiu: – Ah, é... e você ainda está bem vivo, sabia?
Continuei deitado – era um grande e malcheiroso sofá – e olhei em volta. A primeira coisa que me chamou a atenção foram os livros. Estantes imensas subindo as altas e sólidas paredes desbotadas, abarrotadas deles. Um imenso globo terrestre dominava a ampla sala, apesar de se encontrar num de seus extremos, junto a uma janela ainda maior por onde o jorro brilhante e dourado de um sol forte, iluminava-o. Pombos. Dezenas deles, pairavam sobre nós, empoleirados nas longas traves de madeira que sustentavam o telhado. Através dos grandes buracos no forro era possível vê-los mas, antes de tudo, ouvi-los, o ruflar das asas intermitente, aquela algaravia de sons que produziam no que deveria se constituir numa interessante e igualmente impenetrável – pelo menos para mim – comunicação.
– Já avisei aos seus tios – continuou ele.
Meus olhos abandonaram a vivacidade de seu semblante solícito e enveredaram em silenciosa curiosida-

de por tudo aquilo que se amontoava de forma caótica por tudo quanto era canto à minha volta e atravancava os caminhos para os outros cômodos de uma casa que supus razoavelmente espaçosa e antiga – o fedor de mofo era dos mais desagradáveis, tudo rescendia a antiguidade, a começar por aquele homenzinho careca e de espessas costeletas que eriçavam-se, convertendo-se numa grisalha moldura que tornava ainda menor seu rosto envelhecido. Ligeiramente encurvado e inclinado para a esquerda como uma Torre de Pisa de carne e osso – bem mais osso do que carne, vale salientar –, seus olhos era oblíquas linhas cinzentas que aparentavam um interesse permanente fosse no que fosse, naquele instante, por mim.

Ficamos nos olhando por um bom tempo. Nem ele falou e muito menos, eu. Espreitamo-nos mutuamente. Não, não como dois adversários prestes a se lançar um sobre o outro com selvageria, nada disso. Nada tão primitivo, mas antes, como dois desconhecidos interessados e interessantes, um querendo saber muito mais e detalhadamente sobre o outro; algo como Cabral alcançando a praia com seus comandados e espreitado pelos índios, algo assim.

Tudo bem que Epaminondas estava longe de ser um Cabral e eu seguramente não era um índio, mas a curiosidade era igual. Na verdade, não. A minha era bem maior.

Enquanto meus olhos iam de um lado para o outro, mais a minha curiosidade aumentava e atingiu seu ponto culminante quando alcançou uma sala ao lado daquela em que nos encontrávamos. Menor e mais escura, estaria praticamente vazia não fosse por uma estranha geringonça. Até hoje, mesmo que tentasse, bem no alto da montanha das muitas décadas vividas e de todo conhecimento adquirido até a contragosto, não saberia descrevê-la com exatidão. Uma monstruosidade mecânica.

É, talvez passe por esse estreito e pouco lisonjeiro caminho qualquer definição mais ou menos fiel: tratava-se de um amontoado confuso de polias, roldanas e indefinidas – porém diferenciadas – engrenagens, e sabe-se lá mais o quê, constituintes de uma intimidante estrutura metálica. Guardava uma ligeiríssima semelhança com um batiscaro, um engenho marinho que pensava ter visto nas páginas de um dos muitos livros que tia Elvira lera para nós.

Ele pareceu entrever a indagação no meu olhar, pois sorriu como se quisesse desfazer todo o mistério que eu aparentava desejar investir aquela estranha máquina.

– É a minha máquina da felicidade – informou de modo singelo.

Contemplei-a mais uma vez, suas palavras tendo o efeito inverso ao desejado por ele, aumentando ainda mais o meu interesse.

A estrutura era sólida, não muito grande, mas inegavelmente metálica. Ferro pintado de um verde intenso, escuro, porém incapaz de esconder ou enfrentar os vestígios avermelhados da ferrugem espalhada pela base chata que lhe conferia a aparência de um sino. Uma pequena porta retangular abria-se para um interior ocupado por duas cadeiras também metálicas, de encosto alto e acolchoado. Nas paredes, os mostradores de vários relógios apresentavam horários distintos, nenhum deles semelhante ao do enorme relógio de pêndulo que via num dos lados da sala maior.

– Máquina da felicidade? – questionei, os olhos deambulando por um enigmático círculo de ferro entre as cadeiras onde contei três fileiras de botões e pelo menos duas alavancas.

Minha curiosidade pairou e, em seguida, desfez-se no ar ao ver meu tio entrar, cara amarrada, expressão de poucos amigos, e dirigir-se para Epaminondas.

– Vim buscar meu sobrinho – disse secamente.

Ele viera num tílburi no qual me ajudou a embarcar o mais depressa que pôde. Se de alguma maneira agradeceu ao velho por ter me salvo e cuidado de mim, eu sinceramente não vi e estranhei. Mesmo para os padrões naturalmente lacônicos e pouco afeito a rapapés mais educados, seu comportamento foi pelo menos estranho.

Mas quem diz que tive coragem de perguntar qualquer coisa?

Nem a presença de Pachequinho, que conduzia o tílburi, me animou a abrir a boca. O semblante de Pachequinho era naturalmente esclarecedor e a surra que recebi dispensa maiores detalhes ou comentários. Nem tive tempo de descer direito. Mal parou na frente do casarão, meu tio me agarrou pelos cabelos e me levou para dentro, arrancando o cinto das mãos de minha tia – a cara de pavor dela e de meus primos deixaram claro que eu só poderia esperar pelo pior quando fui empurrado para dentro do quarto e a porta foi trancada. Pior do que a surra, apenas os dois meses que passei trancado dentro de casa e desta vez sem sequer contar com a companhia dos senhores Stevenson, Verne ou qualquer outro – Cocão, penso que só para provocar, falou sobre um tal Sr. H. G. Wells, mas principalmente sobre seu livro "A Guerra dos Mundos", que acabara de ler pela terceira vez.

Não teve jeito, não. Nem os sorrisos geralmente persuasivos de tia Elvira surtiram qualquer efeito ante a férrea obstinação de meu tio. No quarto fui deixado e no quarto fiquei, saindo apenas para tomar café e almoçar pela manhã, lanchar rapidamente à tarde e jantar antes do anoitecer e, assim mesmo, antes de meu tio chegar.

Ele estava e ficaria bem irritado comigo por muito tempo, bem mais do que os meses em que permaneci trancado no quarto. Apenas Heloísa encontrava um pouco de coragem para desafiar a determinação dele, visitando-me quando Cocão, incansável zelador de meu cativeiro, era levado para longe pelos outros. A conversa fazia-se breve e até recriminadora, mas, de qualquer forma, e com o passar do tempo, era angustiadamente esperada. Conversávamos sobre vários assuntos e, em uma certa tarde, mencionei Epaminondas Goiabeira.

– Papai não gosta de conversar com ele e proíbe que qualquer um de nós o faça, mesmo a mamãe! – afirmou Heloísa, enfática e com evidente temor.

– Ué, por quê?

– E você vem perguntar pra mim?

– Eu pensei que você soubesse...

– É, mas não sei, não, e se estivesse em seu lugar, nem pensaria em perguntar.

– Mas eu não...

– Ah, mas é claro que você vai perguntar...

– Eu...

– Você não consegue deixar essa língua dentro da boca!

– Ah! não é bem assim!

– Não?

– Não. Eu só...

– Você é um língua solta, um...um...

– Eu...

– E quer que eu lhe diga: vai acabar ganhando outra surra!

– Ele...

– Melhor deixar isso pra lá, primo...

E dizendo isso, muito preocupada e igualmente irritada, ela saiu.

Tive a impressão de que não dissera toda a verdade. Mentir não mentira, mas algo me dizia que escondia algo, sabia bem mais... mas o quê?

Quanto mais perguntas eu fazia e quanto menos respostas recebia, meu interesse aumentava, ao ponto de eu não apenas chegar a sonhar com aquele velho chamado Epaminondas Goiabeira, mas igualmente com a sua estranha máquina da felicidade.

O que seria afinal de contas?

Era possível assim, uma máquina que, pensava eu, fosse capaz de criar felicidade?

E desde quando era possível tal coisa?

Pensei que algo assim só poderia existir nas páginas dos livros do Sr. Verne ou nas do tal H.G. Wells, de quem tanto Cocão falava, mas cujo livro teimava em não me emprestar.

Quem, afinal de contas, era Epaminondas Goiabeira?

Que crime grave ou falta desabonadora o levara a merecer o desprezo e a renitente animosidade de meu tio?

Ninguém sabia, mas muitos, como Nhá Cecília, davam a impressão de mentir ou esconder informação potencialmente reveladora, mas temiam incorrer na fúria de meu tio.

Mas qual a razão de tanta raiva?

– Pergunte a seu tio! – disse ela, retornando bem rapidamente para a cozinha.

Nossa, aquele descomunal ponto de interrogação me acompanhou por semanas depois que meu castigo acabou e meu tio me acolheu mais uma vez em sua família com um longo sermão sobre os perigos que cercavam a nossa vida quando éramos imprevidentes ou atrevidos o bastante para não ouvir os mais velhos ou algo bem parecido, não me lembro bem (e na verdade, pouco importa nesse momento, pois nunca damos ouvidos a tais sermões, como meu filho não deu aos muitos que fiz à semelhança de meu tio). Aliás, não me ocupei de tal mistério, pois, pelo menos nas três ou quatro semanas que se seguiram à minha "libertação", eu já tinha problemas suficientes com o que me ocupar.

A cachoeira do Arvoredo tornou-se fora dos limites e mesmo a circulação pelos arredores do casarão converteu-se naturalmente em algo bem restrito, e não apenas por conta da pertinaz e canina vigilância do irremovível Cocão, mas de todos à minha volta. Eu não podia ir para canto algum dasacompanhado e meu tio ainda se incumbiu de me acumular de atividades.

– A Espanhola não deve servir de pretexto para negligenciarmos os estudos – bradou, transformando minha tia em tutora de meus aprendizados gramaticais, matemáticos e outros tantos correlatos.

Quando não estava lendo – pelo menos quatro horas por dia – ou entregue às muitas lições e tarefas estipuladas por tia Elvira, devia ajudar Pachequinho e Nhá Cecília na cozinha. Se sobrasse algum tempo livre e eu não o tivesse utilizando na conta de tomar banho, comer e dormir, convenhamos, um verdadeiro milagre, podia brincar com meus primos. Nunca sobrava e eu amofinava diante da expectativa tão remota e pouco alvissareira de voltar a ser simplesmente criança.

Sobrava trabalho e quase nenhuma diversão. Inútil protestar.

– Pachequinho trabalha ainda mais do que você e eu não o vejo reclamar – trovejou meu tio quando ensaiei um acovardado protesto.

Fim de papo. Insistir, além de incorrer em um maior grau de animosidade entre nós, apenas serviria para que

às minhas tais "horas livres" (já tão raras) fosse subtraído um pouco mais de tempo com novas e novas tarefas.
Manda quem pode, obedece quem tem juízo.

Surpreendido e, por que não, assoberbado por tão inesperada transformação em minha estadia na casa de meus tios, pouco tempo restava para pensar em Epaminondas e em sua enigmática máquina da felicidade. Apesar disso, aqui e ali, minha curiosidade surpreendia-me com uma certa inquietação acerca de sua utilidade.

Como seria possível alcançar-se a felicidade?

Não era um lugar que se visitava ou algo que se comprava ou se produzia.

Não sabia o que pensar e, como é comum em tais circunstâncias, fantasiava alegre e livremente, ignorando que os absurdos e impossibilidades que passavam por minha cabeça eram o que eram, em outras palavras, absurdos e impossibilidades. Interessantes, mas nada além disso.

Outra pessoa, em meu lugar e com bem mais idade, quer dizer, um adulto, simplesmente esqueceria tudo e seguiria em frente. Bom para mim que eu era criança e todo aquele mistério, somado às lembranças dos poucos momentos passados com Epaminondas e sua máquina, era impossível de ser pura e simplesmente ignorado.

Fui me esgueirando através da casa e dos pequenos fragmentos de conversas e de gestos que minhas perguntas passaram a provocar nas semanas seguintes. Sempre haviam dito a mim que ouvir atrás das portas e bisbilhotar conversa alheia era feio, condenável e, no caso de meu tio e de meu pai, passível de punição. Mas eu acrescentei: só se você for apanhado!

E foi assim que pelo menos descobri onde Epaminondas Goiabeira morava.

A praia não era distante, mas as casas iam se tornando poucas, cada vez mais escassas, à medida que me aproximava de um enorme bananal que escondia a casa de Epaminondas da estrada esburacada que se interrompia abruptamente, despencando no mar. Penso que deveria haver muito mais construções, árvores e até propriedades algum tempo antes (que não soube precisar) – os restos apodrecidos de uma cerca pairava suspenso no ar numa encosta que o mar desfazia lenta, mas implacavelmente, no seu ir e vir rumorejante. A própria estrada sumia em duas ou três curvas, talvez mais, engolida pelo matagal espinhento. Um lugar solitário, bem longe de tudo, mas, antes de mais nada, de todos.

Três porções de terra como que flutuavam nas brumas de uma manhã fria e tempestuosa, provavelmente separadas da terra firme pelo vaivém contínuo e manso das águas. As ilhas menores eram vazias e pedregosas. Uma pequena floresta cobria a maior delas. Quando a maré baixava, tornava-se possível alcançá-la simplesmente caminhando. Epaminondas estava acocorado no alto de uma rocha ovalada no extremo leste dela. Rabiscava num grande bloco de papel de folhas esvoaçantes, o vento agitando suas roupas velhas e largas. Nunca antes nem depois vi alguém tão malvestido ou despreocupado com a própria aparência. Penso que nem notou a minha presença e, se notou, não deu a menor importância, tão absorto estava com o que estava fazendo. Olhou e me soou incompreensível o que escrevia.

– Por que meu tio não gosta do senhor? – eu não sabia o que perguntar e por isso o questionei naquilo que mais me incomodava no momento.

Ele me lançou um olhar mais de curiosidade do que de surpresa.

– Porque não pergunta a ele? – foi o que sugeriu, distante e até desinteressado.
– Não sou louco!
Ele sorriu.
– Seu tio te bateu?
Não respondi, mas foi como se respondesse, pois baixei os olhos, envergonhado.
– Compreendo...
Só isso.
E durante mais de meia hora, algo assim, ficou calado, rabiscando no bloco enorme que tinha nas mãos. Não soube o que dizer ou fazer.
Será que deveria lhe falar sobre os riscos sérios de levar outra surra?
Enfiei e retirei as mãos dos bolsos várias vezes. Cruzei e descruzei os braços. Andei de um lado para o outro.
– O que quer saber? – perguntou, persistentemente alheio, rabiscando no bloco de papel com certa dificuldade, as folhas drapejando, agitadas pelo vento.
– Como é?
– Não veio aqui para ficar aí, olhando pra mim, veio?
– Não...
– Não quer apenas agradecer, quer? Se quisesse, já teria feito e não se arriscaria tanto.
– É...
– O que quer saber?
Eu queria saber algumas coisas, fazer várias perguntas e por aí seguiria, insaciável, minha curiosidade. Mas a mais óbvia de todas era:
– Por que meu tio não quer que eu converse com o senhor?
Um arremedo de sorriso torceu seus lábios, empurrando-os para a direita em um rosto cansado. Entrevi sentimentos distintos que me confundiram. Ironia. Desprezo.

– Não perguntou a ele? – insistiu, os olhos fixos na folha de papel em que garatujava nervosamente.
– Não...
– Ele te bateu?
– Foi pela queda na cachoeira...
– Foi?
Também tinha a mesma dúvida. Guardei-a para mim, mas no rápido lampejo de certeza que feriu o opaco de seus olhos sem brilho ou maior vivacidade, havia a certeza, mesmo que misteriosa, que me faltava (até porque, naquele instante, Epaminondas sabia de fatos que eu desconhecia inteiramente).

Permanecemos mais algum tempo nos observando, apesar de ele, olhos cravados nas folhas de papel em que escrevia e rabiscava o que julguei serem cálculos incompreensíveis, fingir que não estava me olhando. Quis perguntar, saber e antes de mais nada, entender por que seu nome provocava tão obstinado silêncio na casa de meu tio, mas não tive coragem suficiente para fazer-lhe perguntas que no fundo, no fundo, nem sabia se ele responderia. Passado certo tempo, penso que Epaminondas se aborreceu e sem olhar para mim, disse:
– Acho que é melhor você voltar para casa...
– Eu não sei...
Ele desviou o olhar das folhas de papel e piscou como se partilhássemos de um momento para o outro de um repentino segredo ou acabássemos de chegar a uma idêntica conclusão.
– ... isto é, se você não quiser apanhar novamente.
Tinha razão.
Voltei para casa e não nos vimos por mais duas semanas (talvez um pouco mais, não lembro bem). Dias intermináveis. Semanas mornas, entregues às mesmas leituras sonolentas e por fim, desinteressantes, a que

eu era praticamente obrigado a participar, irritando inclusive meus primos que, por conta de minha grande travessura, acabaram condenados a igual confinamento dentro do casarão. Nem Cocão escapou e sentindo-se vítima de incompreensível injustiça paterna, dava seus primeiros passos para a relativização de obediência tão canina e automática aos postulados autoritários do pai (algo que culminaria com a completa ruptura entre ambos quinze anos mais tarde, quando Cocão combateria a ditadura de Getúlio Vargas: jamais voltariam a se falar depois disso).

No entanto, minha curiosidade crescia e resistia renitentemente. Eu continuava fazendo perguntas para as quais sabia de antemão que não receberia respostas. Se era assim, então por que insistia?

Porque queria, necessitava saber, desvendar um pouco, mínimo que fosse, do grande mistério em que se convertera Epaminondas Goiabeira para mim.

Sabe como é, não?

Quanto maior o mistério, mais irresistível o interesse.

Por outro lado, eu sabia e se não sabia, pelo menos pressentia que mais cedo ou mais tarde, alguém romperia aquela barreira de silêncio erguida por meu tio em torno do assunto. Coube a Pachequinho me trazer uma pequena, porém valiosa informação.

– Minha mãe disse que o Seu Epaminondas já foi um homem podre de rico, sabia? Ele era dono de tudo isso aqui e de mais um pouco – informou em um daqueles dias de forte chuva, quando dividíamos a leitura de um dos livros que eu emprestava para ele. Aliás, a partir de seu interesse em lê-los, construí respostas interessantes para todas as dúvidas que se multiplicavam dentro de mim. Quanto mais respostas recebia, mais perguntas fazia e mais livros ele lia, uma negociação constrangedoramente feita a partir de pequenas

chantagens e troca de interesses. – Tudo mudou quando a família dele morreu...
– Ué, por quê?
Pachequinho nada disse, mas apenas ficou fazendo um círculo com a ponta do dedo junto da têmpora esquerda (ele era canhoto, sabe) e repetindo:
– Ele endoidou...
– Então ele é maluco? – perguntei.
Pachequinho sacudiu a cabeça, concordando.
Na verdade, ele aparentava ser e por certo tempo cheguei a crer que fosse essa a razão pela qual meu tio tanto insistia para que me afastasse dele. Por outro lado, razão bem parecida me levou a espreitá-lo mais insistentemente (e tive que inventar mil e um pretextos para sair de casa ou para explicar meus atrasos ao executar certas tarefas, nessas ocasiões contando com a cumplicidade meio medrosa de Pachequinho – não, ele não tinha medo do Epaminondas mas antes de meu tio e não do que meu tio poderia fazer a ele mas acima de tudo, à sua mãe; tal como mandá-la embora).
Sabíamos que era possível encontrá-lo na praia e foi lá que iniciamos nossa observação. Eu e Pachequinho ficávamos lá, entre as pedras, protegidos pelo matagal que margeava a estrada e as trilhas apertadas por onde ele ia e voltava todo dia.
Hoje, quando se vão tantos anos e, por vezes, parte de tais lembranças não chegam a mim com tanta facilidade ou eu simplesmente as ignoro, em certas ocasiões reinventado-as por necessidade desesperada de lembrar, acredito que Epaminondas tinha noção de minha presença. Imagino até que se divertia iludindo-me, fazendo com que eu pensasse que não era notado e com isso, fosse me tornando mais e mais ousado, achegando-me, tornando-me próximo o bastante para que finalmente pudesse me alcançar com sua voz.

— Pode sair daí — disse ao ver que eu o observava detrás de uma pedra. Relutei em abandonar meu esconderijo mesmo apesar de descoberto. Ele balançou a mão, insistindo para que me aproximasse. — Vamos, saia logo daí, seu chato. Sei que está aí. Pra ser sincero, já sei há muito tempo.

Decidi obedecer e saí detrás da pedra. Mas fiquei observando-o ainda de longe, com certo receio. Nem ele nem eu dissemos qualquer coisa, o silêncio quebrado apenas pelo mar e pelo rumor manso das ondas indo e vindo, roçando a areia onde os passos de Epaminondas deixavam rastros profundos que, como tudo mais na vida, eram apagados pelo tempo. O mar. Sempre o mar a me lembrar daquele instante.

— Você é louco? — perguntei bobamente, e me arrependi no momento seguinte, enquanto gesticulava para que Pachequinho continuasse escondido atrás da pedra.

Epaminondas balançou a cabeça e sorriu, agravando o desconforto que sentia por conta de pergunta tão tola.

— Pareço louco? — ele devolveu o questionamento com uma expressão cansada no rosto envelhecido, os braços abertos e os ombros sacudidos com impaciência diante de pergunta tantas vezes feita ou meramente insinuada.

Fiquei sem resposta. Dúvida pendente. Constrangimento. Quando ele deu uns passos na minha direção, recuei. Apreensivo. Nova troca de olhares, como se um buscasse entrever a intenção do outro.

— Vamos embora! — sussurrou Pachequinho, agachado atrás das pedras, puxando a barra de minha camisa.

Desvencilhei-me de sua mão e fui ao encontro de Epaminondas.

— O que é a máquina da felicidade? — perguntei, desconversando.

Atrás de mim, Pachequinho levantou-se e saiu correndo, desaparecendo no meio do mato.

— Não vai fugir também? — indagou Epaminondas, por trás de um sorriso ainda mais largo.

Sacudi a cabeça.

— É normal ter medo...

— Não estou com medo.

— Se você diz...

— Não estou, não!

— Tudo bem, tudo bem. Eu acredito.

— E o que é essa máquina da felicidade?

— Ah, eu vou precisar de muito tempo para lhe explicar e, mesmo assim, nem sei se você vai entender...

— Mas eu já a vi!

— Ver não é entender e, muito menos, saber usar.

Naquelas primeiras horas que passamos juntos, caminhamos pela praia. Não falamos muito e lembro-me que de vez em quando parávamos e olhávamos para trás. Ríamos ao ver a cabeça de Pachequinho emergir detrás de uma pedra ou na orla ondeante do matagal, os olhos arregalados, a fisionomia tensa e preocupada, espreitando-nos à distância. Tão atento quanto amedrontado, ele continuaria atrás de mim até que me separei de Epaminondas e voltei para casa em sua companhia.

— Você que é louco! — dizia de tempos em tempos, ainda nervoso. — Se seu tio souber que...

Ele falava sem parar, gaguejando, tropeçando nas palavras e, como via que não lhe dava atenção, quase me derrubou com um tapa na nuca. Gargalhei, divertindo-me com o medo em seu rosto, com a curiosidade que se embaralhava à profusão interminável e absolutamente incompreensível de palavras que jor-

rava por seus lábios.
Não ouvi nem a metade. Entendi muito menos. Pensava em Epaminondas. Nas muitas perguntas que fiz e nas poucas respostas que recebi.
Não, eu não estava louco, mas, como ele (embora negasse), estava bem curioso. Naturalmente e como deve ser fácil de imaginar, mais ouvi do que falei. Epaminondas sabia contar boas histórias, a começar pela sua. Aliás, difícil perceber onde começava a fantasia e terminava a realidade no que quer que dissesse ou afirmasse. Mesmo hoje não é fácil e quer saber? Talvez eu não queira saber. Simples assim.

De que me importava saber se Franz Ferdinand von Weser, filho bastardo do terceiro conde de Steingaden, levado à pirataria por uma aguçada e ardorosa inclinação para a aventura e por necessidades tão ordinárias como comer, beber e ter muito dinheiro para pagar pelas duas coisas e pelas mais belas mulheres que pudesse encontrar pelos portos em que esteve, foi o iniciador de sua linhagem?

Gostoso era ouvi-lo deambular de uma narrativa para a outra, inevitavelmente heróica ou pelo menos divertida, detendo-se mais detalhadamente no momento em que ele e os companheiros de pilhagem aportaram em Angra dos Reis e seus olhos se encontraram com os de Maria da Anunciação, filha única e mui amada de um pequeno agricultor da região próxima à Praia dos Ossos; e de como a paixão de ambos levou o aventureiro a abandonar o comando de seu navio e estabelecer-se por aquelas bandas onde geraria a primeira descendência dos orgulhosos e igualmente aventureiros e heróicos Goiabeira.

– Ele adotou esse sobrenome porque adorava a fruta e queria sepultar seu passado com o antigo nome – informou.

Um de seus antepassados fora amigo do grande Salvador Corrêa de Sá e com ele vivera outras tantas aventuras no Paraguai, na Argentina e até na África.
— Ele foi o primeiro Epaminondas dos Goiabeira — disse, com uma ponta de orgulho, substituída logo em seguida por uma careta de contrariedade. — E infelizmente foi por essa época que ele também se tornou traficante de escravos. Nunca gostamos muito de falar sobre ele e, quando falávamos, o chamávamos de "Mata-Negros". Era um verdadeiro bicho-papão lá em casa, uma alma penada a assombrar e macular o bom nome dos Goiabeira. Epaminondas Goiabeira, o tal "Mata-Negros", levaria vários dos seus filhos e netos para, como dizia Epaminondas, o "nefando negócio", mas jamais perdoaria seu filho mais novo, Antônio, que apaixonado por uma escrava, fugiria com ela para os sertões de rio Pomba, onde, muitos anos depois, o "Mata-Negros" o encontraria e o mataria.
— Eu sou um dos descendentes de Antônio — acrescentou Epaminondas.
Os descendentes de Antônio enriqueceram com o ouro em Minas Gerais e um deles acabaria comprando as terras do avô na região de Monsuaba. Na verdade, Jesuíno da Anunciação Goiabeira, esse era o seu nome, seria senhor de vasta extensão de terras ao longo da Estrada Real e por mais de cem anos, ele e seus filhos alimentariam tropeiros, mineiros e todo tipo de aventureiros que subiram e desceram os muitos caminhos da riqueza fácil que levavam a Minas Gerais. Uma sequência atordoadora de nomes e lugares povoou a nossa longa caminhada pela praia. Heróis desconhecidos (pelo menos para mim), fatos ignorados e não menos heróicos, seus antepassados frequentando sem maior cerimônia momentos bem conhecidos até da História de outros países (como o bisavô de Epami-

nondas que combatera ao lado de Simón Bolívar para libertar o Peru ou o avô que, ainda criança, embarcara como clandestino no Beagle e conhecera Charles Darwin). Uma orgulhosa estirpe de homens valentes e mulheres determinadas (havia a tataraqualquercoisa que, raptada por corsários franceses, acabara na corte de Henrique IV, e uma de suas filhas que se casara com um rico comerciante flamengo e vivera com o marido na Recife invadida e ocupada pelos holandeses; a dona de lavras de diamantes no sertão baiano que nunca se casara mas tivera dezenas de filhos, tão valentes e selvagens quanto ela; a cortesã que fizera parte dos amigos de Dom Pedro I e se tornara a rica Viscondessa de Passa Quatro; ou a temerária jornalista paulista que acompanhara Luís Gama em sua luta pela libertação dos escravos). Gente. Gente. Gente. Muita gente. Muitas histórias. Espantava-me que no meio de tantos e interessantes personagens nenhum deles houvesse sido um escritor famoso ou um romancista de sucesso como o Costallat.

– Meus antepassados estavam mais preocupados em viver aventuras do que em criá-las ou em contá-las – explicou.

Do muito que ouvi, cheguei à conclusão de que o que Pachequinho dissera era verdade, ou seja, que Epaminondas Goiabeira fora proprietário de muitas coisas, a começar por aquelas terras que naqueles tempos pertenciam a meu tio.

Como?

O que acontecera?

As perguntas apareceram, mas ficaram sem respostas.

– Ah, isso é uma longa história... – disse ele muito vagamente, despedindo-se: – Acho que agora é melhor você ir embora. Está ficando tarde.

Nenhuma resposta mais. Nem sobre ele e muito menos sobre a tal "máquina da felicidade".

Na primeira noite do dia em que conversei com Epaminondas pela primeira vez, não dormi.

Compreensível, não?

Eu ouvira tanta coisa em tão pouco tempo que me afastei dele atordoado e, tanto no caminho de volta (em que praticamente ignorei a presença de Pachequinho, razão pela qual inclusive ele me deu o tapa na nuca) quanto na hora do jantar, mal comi e menos ainda vi o pouco que comi e ouvi o que me perguntaram. Foi impossível dormir. Quando muito ressonei e, nesses momentos, fiquei deitado, olhando para o teto do quarto às escuras, até que o vi transformar-se num amplo céu estrelado.

Estaria dormindo.

Provavelmente.

Mas importava realmente?

Deixei me levar pelo que via. Estava ao lado de Epaminondas e sua máquina da felicidade – sobre a qual ele nada falara, mas eu fantasiava enormemente –, navegando ao sabor de ventos solares em busca do mítico tão comum a qualquer fantasia. Navegava. Flutuava. Campos infinitos onde belas tulipas brancas pairavam em círculos irregulares e interrompiam o verde intenso de uma grama alta e ondulante – como as ondas de um mar improvável e igualmente intangível. Uma loucura, bem sei hoje em dia (e não seria a única, pois outras, ainda mais grandiosas e absurdas, tão absurdas por serem exatamente grandiosas), mas naqueles tempos, quando tudo era possível, quem pensava nisso ou acreditava em impossibilidades?

Ao longo da vida teremos dias melhores e dias piores, e os meus melhores, posso dizer sem o menor medo de errar, serão sempre aqueles que vivi na casa de meu tio e passei na companhia de Epaminondas Goiabeira. Não foram muitos e a dor deu-me somente algum tempo de alegria e felicidade antes que eu a reencontrasse.

Deve haver algum propósito nisso tudo. Preferimos acreditar nisso a perceber que não existe sentido algum. Nessas horas de decepção talvez seja importante crer que possa existir uma máquina de felicidade e provavelmente tenha sido por conta disso que me interessei por ela, desde que a vi na casa de Epaminondas.

Como funcionaria?

Passaram-se dias antes que ele tocasse no assunto e mesmo assim porque insisti muito. No início ele foi evasivo. Explicou pouco e às minhas indagações acerca de seu funcionamento, limitou-se a dizer:

– Ah, isso eu não posso falar assim, sem mais nem menos...

– Ué, por quê?

– É muito perigoso.

– Como assim?

– É um mecanismo muito delicado e complexo para que uma criança compreenda...

– Não pode tentar?

– Tudo a seu tempo, tudo a seu tempo...

Quando insisti mais um pouco, ele se pôs a contar histórias sobre lugares extraordinários que conhecera. Não sei por que ou se eu perguntei. Ele simplesmente se pôs a contar sobre aqueles lugares em mundos que nunca conheceria.

Por quê?

Não faço ideia. Ao longo de todas essas décadas que me separam daqueles dias, pensei em várias ocasiões sobre tudo o que ouvi e busquei uma resposta convincente. Uma das poucas que me agradaram foi pura e simples loucura. Mas Epaminondas não era o tipo de louco que inventava histórias. Talvez fosse um grande mentiroso interessado em preencher os dias vazios e solitários de uma longa existência com narrativas empolgantes capazes de maravilhar uma criança, apenas isso. A melhor, no entanto, sempre foi aquela em que acreditei que tivesse inventado as histórias simplesmente para me afastar de meu grande interesse pela máquina da felicidade.

A troco de quê?

Por ser um segredo só seu ou por ele ser mesquinho ou egoísta o bastante para reservar apenas para si tão grande privilégio. Respeitaria isso se essa fosse a verdade. O que alimentava minha curiosidade e a tornava tão persistente estava relacionado a saber como afinal de contas funcionava.

Seria como a "máquina do tempo" de H. G. Wells?

Teria ele viajado para aqueles lugares que povoavam o mais prodigioso dos imaginários?

É, eu não acreditava naquelas histórias. Pelo menos não no princípio. Inicialmente eu pensei que ele fosse um mentiroso, um dos melhores, ou seja, daqueles que acreditam firme e intensamente na própria mentira, a ponto de tê-la e crê-la como a mais pura verdade.

– Ele é louco e você mais ainda por se meter com ele! – garantiu Pachequinho mais de uma vez, quando voltávamos da praia onde encontrávamos Epaminondas. – E vai se meter numa bruta encrenca com seu tio se puser os pés na casa dele.

É, mas eu ia entrar no velho casarão de Epaminondas Goiabeira. Não que fosse o que mais me interessava, pois o que eu desejava era embarcar na máquina da felicidade.

Fácil desejar, difícil de se conseguir. Ele desconversava sempre que eu pedia. Pretextos não faltavam – ora a máquina estava com problemas, pois faltavam peças de reposição para consertá-la, ora a necessidade de ajustes e atualizações de toda espécie, para não falar de outras tantas justificativas.

Todas soavam falsas. Como já disse, ele era bem mais convincente com suas histórias. Nas aventuras que assegurava ter vivido em toda sorte de lugares onde, supunha, a máquina da felicidade o havia levado. Eu ouvia, pois suas histórias seduziam e dissipavam as dúvidas que me acompanhavam quando eu voltava para a casa de meu tio ou dormia. Ao mesmo tempo, serviam para alimentá-las quando eu me perguntava se devia acreditar no que Epaminondas contava ou se a máquina da felicidade o levara àqueles lugares. E se ele os frequentava a bordo da máquina da felicidade, como o fazia?

Que agonia!

Eu estava andando em círculos dentro de um grande turbilhão de pensamentos e dúvidas. O pior é que as inquietações aumentavam na mesma proporção das dúvidas. A beleza e a aventura facilmente encontradas nas histórias que ouvia tornavam-se insuficientes para aplacar a curiosidade que se misturava a vontade de sinceramente acreditar no que ouvia. Eram histórias fantásticas demais para não serem verdades, dizia e repetia.

Já pensou se não fossem verdadeiras?

E se Epaminondas nunca tivesse perambulado por aquelas imensidões tão grandiosas quanto a minha imaginação quando por elas trafegava?

E se não fossem verdadeiras, a troco de que Epaminondas as inventaria e contaria para mim?

Eu me sentia bem confuso e abandonado em meio a tantas dúvidas e questionamentos. Algo a que eu, aos poucos, quase sem perceber ou compreender, fui acrescentando uma ainda maior: por que Epaminondas não falava dele ou da família?

– E você ficaria o tempo todo falando ou lembrando de algo que fez você sofrer? – argumentou Pachequinho. – Pra quê? Só para sofrer de novo? Só se for maluco!
– Ué, mas você não disse que ele era? – provoquei.
– Minha mãe é que disse.
– Por quê?
– Sei lá! Pergunte a ela.
– Mas você é que é o filho dela.
– Por isso mesmo. Ela me mata de pancadas se eu ficar bisbilhotando essa história.
– Que história?
Pachequinho encarou-me, preocupado.
– Pergunte a ela – insistiu, apressando o passo e se afastando.
Nem sei por onde entrou, mas só fui vê-lo bem mais tarde, já na cozinha do casarão de meu tio. Olhei para ele, olhei para Nhá Cecília. Pachequinho baixou os olhos e cruzou os braços sobre o peito como se se protegesse do que quer que fosse, de meu olhar antes de mais nada.
Nhá Cecília fechou a cara e resmungou:
– Eu não sei de nada!
E afastou-se, levando uma travessa fumegante para a sala.
Aquela indagação converteu-se em uma persistente inquietação que me tirou o sono durante a noite e no dia seguinte me encheu de coragem para perguntar ao próprio Epaminondas.
– Ah, eu não gosto de falar sobre isso...
E não falou por mais que eu teimasse em perguntar.
Tive mais sorte quando perguntei sobre o porquê de vender tudo o que tinha para meu tio.
– Eu não precisava de mais do que tenho hoje em dia – respondeu ele, distraidamente, como se o as-

sunto não tivesse a menor importância, e concluindo: – Por isso vendi tudo!
– Vendeu?
– É...
– Tudo?
– E por que não?
Fiquei pasmo e sem resposta. Ele me alcançou com um sorriso encantador e acrescentou:
– Eu precisava...
– Do dinheiro?
– É...
– Pra quê?
– Para a máquina, e para o que mais seria?
Não entendi. Nem imaginava quantas terras ele teria, mas, pelo que contara até então, não eram poucas. Supus que deveria ter recebido muito dinheiro por elas. Não imaginava que houvesse gasto tudo na construção de sua miraculosa e igualmente misteriosa máquina da felicidade.
E para quê?
– Ora, e para o que mais seria? Não procuramos todos a felicidade?
Não entendi nada. Quando eu acreditava que tudo estava prestes a ser explicado e portanto, esclarecido, reencontrava a mesma confusão de sempre, ou até pior, pois bem maior.
– E quando ela estiver totalmente pronta, nem duvide, menino, nós vamos alcançá-la juntos. Todo mundo tem o direito de ser feliz...
De que felicidade ele falava?
Estaríamos falando ou pensando na mesma coisa?
Estaria ela nas histórias e mundos mirabolantes de que falava e que podiam ser encontrados nas folhas de papel do grande bloco em que as escrevia em meio as anotações, desenhos e cálculos incompreensíveis?

A máquina da felicidade seria um engenho fabuloso como a máquina do tempo de H. G. Wells?, a pergunta que me alcançava mais persistentemente.

E se era assim, teria Epaminondas a utilizado para visitar aqueles mundos extraordinários?

Mergulhei profunda e irresistivelmente naquelas ideias, mais do que fascinado, desorientado pelas possibilidades que se multiplicavam em minha mente... imaginem só o que poderíamos ter ao nosso alcance!

Mas como?

Tudo mudou extraordinariamente depois que, pressionado ou percebendo que não mais me convencia com as mesmas histórias, ele me falou pela primeira vez de um certo tio, o Comendador Valdevino Goiabeira. Foi no mesmo dia em que finalmente me levou até a máquina da felicidade que eu conhecera muito rapidamente e à distância.

Maravilhei-me diante dela. Tratava-se de uma máquina inacreditavelmente poderosa, capaz de abrir portas para mundos intermináveis. Na verdade, Epaminondas estava interessado apenas em um deles e o chamava de Terra da Felicidade Interminável.

Não, ele não o conhecia pessoalmente, respondeu quando perguntei, querendo saber onde, em tudo o que contava, entrava a figura até então desconhecida e por isso mesmo, misteriosa, do comendador Valdevino.

– Mas eu sei que existe – garantiu.

E como sabia?

Uns livros, na verdade, os diários muito velhos que herdara de um tio que conhecera apenas uma vez na vida mas que, por não possuir filhos ou qualquer outro herdeiro, deixara tudo o que tinha para ele: o casarão, as terras, mas acima de tudo, sua descomunal biblioteca, onde, entre pilhas e mais pilhas de livros, encontrara os tais diários.

"Narrativas delirantes", definira o próprio comendador logo nas primeiras linhas do primeiro de muitos diários escritos ainda nos últimos anos de 1880. Ele mesmo admitia que jamais tivera a menor certeza de que se tratava de algo real ou de um esplendoroso sonho, o delírio maravilhoso de um louco solitário, tão solitário quanto Epaminondas. Um viajante que seu tio não se preocupara em identificar (Epaminondas chegou a desconfiar que se tratasse do próprio comendador ou de seu único filho, desaparecido de maneira misteriosa numa explosão ocorrida numa das três pequenas ilhas que Epaminondas frequentava habitualmente), mas que se convertera em verdadeira obsessão para ele. Talvez tenha sido isso que o atraíra para aqueles velhos diários que lia e relia para mim sempre que eu aparecia em seu casarão e onde encontrara parte dos desenhos que orientavam a construção da máquina da felicidade.

– Eu apenas aperfeiçoei o projeto original – confessou modestamente.

Não que acreditasse em qualquer coisa que dissesse e, muito menos, nas histórias que contava. Tudo poderia não passar de outra de suas incontáveis histórias, uma mentira mais sedutora para esconder outra mentira.

– Ele é um louco! – esbravejou Nhá Cecília quando falei de meu encontro com Epaminondas em sua casa. – Fique bem longe dele!

Bem que tentei, mas verdadeiras ou falsas, eram histórias interessantes e ouvi-las era melhor do que passar os dias sentado na fazenda de meu tio, enfurnado no quarto com os livros que escolhia e julgava que eu podia ler, ou pior, sendo tratado como gente importante, um nobre a quem todos deviam obedecer e se submeter sem maiores discussões. O tempo perdia qualquer importância ou significado quando eu estava em sua companhia, ouvindo suas histórias ou partilhando dos detalhes mais apaixonantes, até por serem absolutamente incompreensíveis, da sua máquina da felicidade.

Ela ou boa parte dela existia na grande sala do casarão, dividindo espaço com os móveis cobertos por irremovivelmente empoeirados lençóis muito, mas muito velhos. Pedaços das mais diversas máquinas, engrenagens enferrujadas de todos os tipos, emaranhados de fios de cobre envolviam o esqueleto metálico, parcialmente coberto de uma grande estrutura em tudo assemelhada a um sino.

– Quando estiver concluída, poderemos alcançar até o ponto mais longínquo da Terra da Felicidade – assegurou.

– E pra quê?

– Para ser feliz – o que mais?

– De que felicidade estamos falando?

Ele não sabia e, se sabia, guardava para si (de vez em quando eu acreditava que jamais viajara na máquina, noutras tinha a nítida impressão de que mentia e que fizera muitas viagens e vira coisas que, egoisticamente, preferia guardar para si).

Não seriam as Sete Cidades Movediças de Calipatria, a se deslocarem pelos vários desertos do planeta numa guerra sem fim que levaria a todos, a começar por elas e por suas populações, a destruição?

Talvez o mundo aquático de Nadira, com suas ilhas luxuriantes e inacreditavelmente pacíficas?

A Torre dos Sábios de Shakkuji?

O Quarto Mundo do Povo-Estrela?

Suas sombras-corredoras esconderiam a grande dádiva da vida eterna?

Viver para sempre seria a grande felicidade?

Os Reinos Primaveris do Sexto Mundo era um belo lugar onde se começar a procurar a felicidade. A Cidadela do Céu tinha neves eternas e uma sociedade terna de apreciadores da música e da filosofia. Os absurdos mundos da monumental ponte inacabada de Pippi onde não se parte ou se chega a lugar algum. O Mundo da Existência Fantasma ou das Onze Torres do Esquecimento.

Na Vastidão Nevoenta paredes não se fecham nem janelas se abrem e a vida parece não ter qualquer propósito.

A felicidade seria isso?

Viver e nada mais?

A felicidade talvez estivesse entre os Monges Silenciosos dos Mosteiros de Shabazz ou entre os sábios peripatéticos das Cidades Gêmeas de Samghati ou mesmo entre os mercadores de ilusões das Florestas Sombrias de Capulana. Provavelmente seria apreciável ser um dos deuses vivos de Mamana, disputando a adoração das tribos de Mussiro.

Lugares. Lugares. Lugares.

Eu me perdia e por vezes me esquecia quando Epaminondas me levava através deles. Ao mesmo tempo contemplava a máquina e, passadas tantas semanas, ela ainda se apresentava para mim como uma impenetrável Esfinge a propor-me um único, porém invencível enigma, que me exasperava com minha própria incapacidade de o decifrar. Como se não fosse pouco, aqui e ali eu ainda era obrigado a me desdobrar para que meu tio não me apanhasse desobedecendo suas ordens. Ele não era nenhum tolo e bem sei que desconfiava e, por desconfiar, por vezes procurava me apanhar desprevenido.

"Cesteiro que faz um cesto, faz um cento", dizia e repetia, materializando toda a sua desconfiança em silêncios e olhares, bem como em repentinas aparições que me deixavam pouco à vontade na sua presença, retrato pouco e acabado da culpa que intimamente me perseguia, pois eu sabia que o estava enganando. Aliás, nós dois sabíamos e seria questão de semanas ou mesmo meses antes de ele por fim me pegar; como eu, da mesma forma, não sabia o que poderia esperar de Epaminondas.

Tinha horas que eu nem sabia se o conhecia. Ele contava muitas histórias, mas falava pouco sobre si mesmo. Eu queria saber como era sua família e o que acontecera com ela.

Por que meu tio insistia tanto para que eu ficasse longe dele?

Até os pequenos detalhes, por mais bobos e aparentemente sem importância que fossem, aqueles que encontrava pela casa, me interessavam, tal como o nome pintado num dos lados da máquina.

Argonauta

Seria o nome da máquina?

E por que aquele nome?

O que significava?

Qual a relação com a sua família ou com sua vida?

E a tal máquina?

Funcionava realmente?

Às vezes dava a impressão de que realmente funcionava e até que ele nela viajara por todos aqueles lugares que, em seguida, admitia que só soubera da existência a partir da leitura dos diários do tio (de quem herdara a fortuna e a máquina e quem, pelo que supus, real e verdadeiramente construiu e viajou nela). Noutras, Epaminondas ainda se encontrava entretido e em dificuldades para concluir sua construção ou reparar o defeito que a impedia de funcionar.

Em que acreditar?

Qual daqueles Epaminondas era o verdadeiro ou em que eu poderia acreditar?

Ninguém me contava, a começar pelo próprio, mantendo-me a distância com seus sorrisos e inevitáveis (e sempre sedutoras) histórias.

– Menino, para de me fazer pergunta que eu não posso responder e me deixa em paz para terminar o jantar antes que seu tio chegue! – trovejou Nhá Cecília, outra de minhas "vítimas". – Você quer que ele me mande embora?

– É claro que não, mas...

– Então sai logo da minha cozinha antes que você se queime!

– Eu só quero saber por que meu tio não gosta do Epaminondas.

– Mas eu não posso lhe dizer!

– Se você, que mora aqui há um tempão não pode, quem pode?

– Seu tio, ora...

– Mas ele não vai dizer e ainda pode me bater!

– Se eu contar, ele pode bater é em mim!

– Ah, bobagem...

– Quer arriscar? Pois eu não...

Nesse instante, Tia Elvira entrou. Olhou para mim, para Nhá Cecília (que quase desmaiou de susto), e voltou a olhar para mim antes de dizer:

– Eu conto pra você.

Gesticulou carinhosamente para que saíssemos da cozinha. Saímos para a sala e dali rumamos para a biblioteca.

– Nada sei sobre de origens fabulosas da família de Epaminondas Goiabeira e tampouco se há alguma verdade nas tantas histórias que você diz ter ouvido dele – principiou minha tia, fechando uma das grandes janelas que se abriam para a praia, um vento frio e forte nos alcançando com a vermelhidão do entardecer. – O que sei e se for inteiramente verdade, a mim foi contado pela gente da região e parte de tudo o que te contarei, provavelmente a parte que mais lhe interessa e provoca tanta curiosidade, eu infelizmente testemunhei...

Ela com certeza se referia à misteriosa mas estranhamente persistente aversão de meu tio a Epaminondas Goiabeira, pensei.

– Nasci e me criei bem longe daqui – continuou ela.
– Sou de Poços de Caldas, lá em Minas, e só vim para cá depois de me casar com o seu tio. Epaminondas já vivia por aqui e inclusive morava nessa casa com a mulher e o filho. Ele era um homem extraordinariamente rico e toda essa região pertencia a família dele, pelo que se dizia, há mais de duzentos anos. E antes que você pergunte, não, ele não se parecia nem um pouco com o homem que o salvou e com quem você vive por aí, pra cima e pra baixo.

– E como ele era, tia?
– Ah, naqueles tempos...
– Quanto tempo?
– Dez, doze anos atrás, não sei bem. Sua prima Heloísa não era nem nascida quando seu tio comprou umas terras ao norte daqui e conhecemos o velho Goiabeira. Como eu disse, ele era um homem bem diferente...

– Diferente como?
– Um leão.
– Como é?

Minha tia sorriu, divertindo-se com o meu espanto.

– Ele tinha a imponência e a expressão orgulhosa de um grande leão, explicou. – Foi a impressão que tive quando o vi pela primeira vez. Um leão orgulhoso, mas muito educado e gentil, que aparecia pelo menos uma vez por semana em nossas terras para saber se precisávamos de alguma coisa ou se poderia nos ajudar de alguma forma. Ele era bem feliz. Ele, a mulher e o filho. Sempre que o víamos juntos, particularmente nas festas que adoravam dar quase toda semana nessa casa onde estamos, os três estavam sorrindo, muito felizes entre eles. Antônia, a mulher de Epaminondas Goiabeira, era uma criatura extraordinária. Eu não a conheci muito bem, mas sabia que falava várias línguas e que por conta do ofício do pai, diplomata que passou pelo menos vinte anos trabalhando em várias capitais europeias, conhecera gente e lugares dos quais não se cansava de falar. Era muito culta e há até pouco tempo, ainda encontrávamos pilhas e pilhas de cartas que chegaram para ela mesmo depois de sua morte e que Epaminondas se foi daqui. Era linda, alta, de longos cabelos negros e lisos, que ela gostava de deixar sempre soltos. Pareciam um véu longo e sedoso se agitando interminavelmente quando passava galopando pela praia – o sorriso de minha tia adquiriu uma certa melancolia, o olhar saudoso e distante voltando-se para algum lugar mais ou menos distante mas que eu seguramente era incapaz de ver, todo dela. – Não dá para acreditar que ela esteja morta...

    Sei que deveria ter respeitado aquele silêncio que a alcançou repentinamente, mas eu estava por demais curioso para esperar sabe-se lá por quanto tempo.

    – E de que ela morreu, tia? – perguntei.

    – Foi no barco...

    – Que barco?

    – Antônia adorava o mar. Era a sua grande paixão. Foi por isso que Epaminondas construiu essa casa aqui em Monsuaba e mudou-se de Miguel Pereira para cá. Foi para cá também que trouxe o "Argonauta".

    – Era o nome do barco?

– Era...
– Grande?
Minha tia sorriu, indulgente.
– Infelizmente, eu nada sei sobre barcos e navios, querido – admitiu. – Mas posso lhe dizer com certeza que não era tão grande que precisasse de muita gente para pô-lo no mar nem tão pequeno ao ponto de Epaminondas e a mulher o fazerem. Era suficiente para alegrá-los quando embarcavam e partiam até por semanas mar adentro. Nessas ocasiões, segundo seu tio, eles iam para o Rio e chegaram até mesmo a visitar um de seus parentes em Salvador.
– E o Epaminondas por acaso entende de barcos?
– Se você quer saber se ele sabe comandar um navio, pode ter certeza que sim. Ele foi da Marinha e soube que chegou a participar da Revolta da Armada com Saldanha da Gama – nós dois nos olhamos por certo tempo, o silêncio dividido em dois pelo tênue biombo de meu espanto e surpresa diante de uma nova e desconcertante descoberta, e da compreensão que por fim fez minha tia Elvira comentar: – É, querido, existem muitos Epaminondas naquele homem que você ainda não conhece e que talvez nenhum de nós venha a conhecer.

Difícil definir a sensação que se experimenta diante de tão desagradável constatação, não importa a idade que se tem.

O que eu sabia sobre Epaminondas Goiabeira?

Quantas histórias ele ainda teria e de quantas efetivamente faria ou fizera parte?

Onde se encontrava a verdade, se é que ela realmente existia em qualquer parte das tantas histórias que eu ouvira?

Afinal de contas, era tudo mentira?

E se não fosse apenas ele o mentiroso?

E se todos a minha volta, em maior ou em menor grau, estivessem, em algum momento, mentindo para mim?

Seria sempre assim?

Eu nunca poderia, deveria ou conseguiria acreditar totalmente em qualquer pessoa?

Decepção. Desgosto. Perplexidade. Uma ligeira confusão de sentidos e sentimentos. Sensações que não sabia muito bem como explicar, pois não conseguia entender, alcançaram-me naquele instante e mesmo hoje, lembrá-los dói. Bobagem de homem velho, talvez; mas dói.

Poucas coisas na vida são tão angustiantes do que não poder confiar em ninguém; ou desconfiar de quem se ama.

Fiquei ali, afundando na poltrona diante de minha tia e alcançado pelo olhar generoso dela, acabrunhada com o que tinha consciência de, sem querer, ter feito.

O que fazer?

Depois de certo tempo, pedi que continuasse.

– Nunca até hoje conheci pessoas tão felizes nem pessoas que se amassem tanto quanto Antônia e Epaminondas – ela disse. – Era de invejar tanta felicidade e sou a primeira a admitir. Assustava também, sabe? Nada podia ser tão grande e absolutamente completo como era a felicidade existente entre aqueles três. Não sei se você consegue entender, mas era estranho, esquisito realmente. Não parecia ser real – minha tia respirou fundo, uma tristeza pesando em cada palavra que pronunciava com crescente dificuldade.

– Naqueles tempos havia um médico na região, um francês, um certo Béranger. Seu tio o conheceu no Rio e, como eram grandes amigos, volta e meia ele aparecia e ficava por alguns meses antes de se cansar da monotonia e, segundo ele, do "excesso de paz e tranquilidade", e ir embora. Foi ele que, numa certa noite, logo depois de um dos jantares de Epaminondas nessa casa, comentou que temia pelo dia em que todo aquele amor acabasse.

– Ué, por quê?

– Eles simplesmente não saberiam viver um sem o outro, diagnosticou Béranger e nós ficamos espantados, pois ele estava surpreendentemente sério e preocupado.

– Foi o que ele disse?

– "Enlouqueceriam", foi na verdade o que ele disse.

– Bem, na verdade, ele disse outra coisa.

– O quê?

– "Memento mori"

– O que é isso?

– Latim, querido. Uma língua antiga, falado em Roma.

– Eu sei o que é latim, tia, mas o que quer dizer?

– "Lembra-te de que vais morrer", é o que quer dizer.

– A troco de quê ele disse isso?

– Ah, tem a ver com uma história que ele nos contou...

– Que história?

– Na antiga Roma, sempre que um general voltava de alguma guerra vitorioso, ele desfilava triunfalmente pela cidade e todos lhe rendiam homenagens. A recepção era tão grandiosa que muitos se empolgavam, tornavam-se arrogantes e começavam a alimentar sonhos ambiciosos que, com o tempo, poderiam levá-los a grandes desatinos e a provocar desgraças ainda maiores, vitimando a si mas principalmente, a cidade. Ninguém sabe quando se iniciou a tradição, mas era costume na cidade, quando seus generais vitoriosos voltavam, colocar no carro em que ele desfilava...

– Colocava o quê, tia?

– Um escravo. Ele ia logo atrás do general na biga e de tempos em tempos devia sussurrar no ouvido do pobre-coitado essa frase...
– Memento mori?
– É, para lembrá-lo de como a vida é breve e fugaz e que nada é maior ou mais grandioso do que a morte.
– Eu não entendi...
– Nem nós. Pelo menos, não naquele momento.
– E depois? Epaminondas não morreu?
– De certo modo, ele morreu sim...
– A senhora está dizendo isso por que acha que ele enlouqueceu?
– Não sei se posso ir tão longe. No entanto, posso lhe garantir que esse Epaminondas que você conhece e com quem convivemos não é o mesmo que conhecemos e que foi dono de tudo isso aqui. Ele mudou. Tudo mudou depois que Antônia e o filho dele morreram.
– E como foi?
– O quê?
– Como foi que eles morreram?
– No barco...
– No "Argonauta"?
– É... – a voz de Tia Elvira extinguiu-se por um instante, submissa à expressão chorosa e infeliz de seu rosto; e quando ela voltou, o fez em palavras pronunciadas com dificuldade, como se cada uma delas, até o menor dos monossílabos, provocasse uma dor, se não intensa, pelo menos incômoda. – Seu tio diz que Epaminondas se culpa pela morte da mulher e do filho.
– Por quê?
– Foi ele que insistiu para que voltassem de Paraty naquela noite...
– Quando foi isso?
– Há uns dez anos. Epaminondas e a família estavam voltando do batizado do filho de um amigo.

Chovia muito e seu tio disse que os amigos sugeriram que passassem pelo menos a noite na cidade, mas Epaminondas não quis e até discutiu violentamente com o compadre dele...
— Por que ele não queria que viajassem?
— Porque o homem disse que Epaminondas era arrogante e outras coisas bem feias que eu não vou repetir para você, pode ter certeza. De qualquer forma, Epaminondas embarcou com a família e alguns tripulantes e voltou para casa.
Minha tia mais uma vez se calou e por fim, impaciente, eu insisti:
— Mas...
— A tempestade era bem mais violenta do que ele esperava. Mesmo em terra, a coisa foi feia. Teve muita enchente e desmoronamento. O mar tomou conta de boa parte das ruas próximas a praia lá em Angra e até a praia da Baleia, geralmente tão tranquila, avançou terra adentro. Não teve nada que segurasse ou escapasse da força das águas. De qualquer forma, ninguém sabe muito bem o que aconteceu, pois Epaminondas não dizia coisa com coisa quando o encontraram à deriva sobre um pedaço da proa do "Argonauta". Sabíamos que o barco tinha naufragado, pois nas semanas seguintes os destroços dele começaram a aparecer na praia...
— E a mulher e o filho dele?
— Nunca mais foram vistos.
— Estão mortos?
— Com toda certeza, mas Epaminondas nunca aceitou. Depois que voltou da Santa Casa, ele abandonou tudo o que tinha e passou pelo menos um ano indo e vindo pelas praias da região procurando pelos dois. Até a Marinha e os pescadores ajudaram, percorrendo o mar daqui até Paraty e vasculhando cada

ilha atrás deles. Mesmo quando as buscas foram encerradas, Epaminondas alugou um outro barco e ficou navegando por aí feito doido, obcecado pela ideia de que Antônia e o filho ainda estavam vivos. Numa dessas viagens, ele voltou com uma estranha caixa de livros e se enfurnou num velho casarão em ruínas que a família tinha lá no final da praia da Baleia. Foi mais ou menos por essa época que ele começou a falar da tal máquina.
— A máquina da felicidade?
— É...
Meu interesse aumentou.
— E a senhora sabe como ela é?
— E você já não a viu? — diante de meu silêncio e constrangimento, tia Elvira sorriu. — Deixa de ser bobo, menino. A quem você pensa que engana? Tanto eu quanto seu tio sabemos que você vive enfurnado naquela casa. Por que você acha que Pachequinho faz questão de te acompanhar? Nós pedimos a ele.
— A senhora sabe como é que a máquina funciona?
— E ela funciona?
O questionamento matreiro de minha tia golpeou-me em cheio nas minhas mais profundas e persistentes dúvidas.
— Você nunca viu, não é mesmo?
— Não...
— Ah, não fique assim. Nenhum de nós teve tal oportunidade. Se ela realmente funciona, só Epaminondas sabe como.
— A senhora não acredita?
— Ele acredita.
— A senhora também acha que ele é louco?
— Provavelmente. Mas não sei com certeza e se o é, deve ser um louco dos mais mansinhos. A sua loucura, se existe, só é maléfica a ele mesmo.

– A senhora acha?
– Suspeito.
– E meu tio?
– O que tem ele?
– Ele também acha que Epaminondas é um louco "mansinho"?
– Não faço ideia.
– Então por que não gosta que eu fale com ele? De que tem medo?
– Eu não diria que fosse medo...
– E o que é então?
– Precaução, talvez.
– É.
– E por que mais seria? – minha tia mentia mal e penso que ela tinha consciência disso. Não era um defeito, obviamente, muito pelo contrário, mas antes uma cada vez mais rara qualidade. Por isso, foi tão fácil, mesmo para mim, perceber que escondia algo e que tal gesto a incomodava muito. Diante de tal constatação, insisti; não com palavras, mas com a persistência de meu olhar. – Compreenda...
– O quê, tia?
– Epaminondas mudou muito depois da morte da mulher e do filho. Ele desinteressou-se de tudo. Vivia andando pela praia feito fantasma, obcecado em encontrá-los. Passou inclusive a beber, beber muito. Nhá Cecília diz que foi pra tentar esquecer...
– Os dois?
– A culpa que sentia. Certo ou errado, ele passou a beber, penso eu, até para tentar dormir. A gente da cidade costumava dizer que Epaminondas nunca mais conseguiu fechar os olhos depois que a mulher e o filho desapareceram no naufrágio do "Argonauta". Sempre que o viam pela praia e pelas estradas, ele estava daquele jeito, sujo, barbudo, os olhos vermelhos

e enormes. Era de assustar qualquer um. Ele não ligava para mais nada. Tudo ficou abandonado, algo que deixava seu tio inconformado.

– Tudo o quê?

– As fazendas, os negócios que tinha no Rio de Janeiro, tudo. Se não estava abandonado, cedo ou tarde, era vendido por valores ridículos que Epaminondas gastava na busca pela mulher e o filho e, algum tempo depois, na construção da máquina.

– Mas por que o tio não gosta que eu fale com...? – minha tia sacudiu a mão, insistindo para que eu me calasse.

– Seu tio, que trabalhava duro e encontrava enormes dificuldades para nos dar uma vida minimamente digna, não se conformava em vê-lo jogar sua fortuna fora daquele jeito e, em várias ocasiões, tentou comprar pelo menos as fazendas de Epaminondas. Ele nunca aceitava, mas isso, pelo menos no princípio, nunca aborreceu seu tio. As terras eram dele e, gostando ou não, ele tinha todo o direito de fazer o que bem entendesse com elas, inclusive jogá-las fora. No entanto, na medida em que a obsessão de Epaminondas aumentava e seu tio o via vendê-las para outras pessoas, desconhecidos que se aproveitavam dele quando ia, por exemplo, ao Rio de Janeiro, e ofereciam preços às vezes menores do que oferecíamos, seu tio foi ficando mais e mais inconformado. Em certa ocasião ele o interpelou e perguntou por que não queria lhe vender o que tão inconsequentemente jogava fora. Levou Epaminondas em nossa casa e, depois do jantar, perguntou por que ele não lhe vendia as fazendas que, dias depois, negociava por preços irrisórios com outras pessoas, geralmente endinheirados da capital, que sequer apareciam nas propriedades e nada conheciam de agricultura e pecuária. A resposta de Epaminondas acabou com toda a consideração e respeito que seu tio tinha por ele. Os olhos de Epaminondas, lembro bem, faiscaram, animados pela antiga arrogância que inclusive levaram a mulher e o filho dele à morte, quando ele respondeu simplesmente: "Porque eu posso!". Epaminondas disse muito mais, coisas bem ruins, humilhou seu tio. Nem sei bem até hoje o porquê. Seu tio o respeitava, admirava de verdade. Não sei se você sabe, mas ele foi deserdado por seu avô – não me pergunte por que, pois eu não sei e ele fica muito bravo quando pergunto, por isso parei de perguntar – e naqueles tempos, nós vivíamos com dificuldades. Mas seu tio sempre foi muito trabalhador. Trabalhador mas orgulhoso e, mesmo quando seu pai o procurava para ajudar, ele recusava. Somente a angústia pelo que Epaminondas vinha fazendo à suas terras o levou a engolir o próprio orgulho e pedir dinheiro emprestado ao irmão para comprar as terras de Epaminondas. Não merecia o desprezo que encontrou na resposta que recebeu. Aquilo o magoou demais. Depois daquela noite, seu tio trancou-se num ódio frio e silencioso e passou um tempão remoendo. Nem comigo ele falava muito. Afastou-se das crianças e até hoje não voltou a ser o pai carinhoso e gentil que era. O homem que nasceu daquele dia tão triste era bem diferente do homem com que me casei. De vez em quando, eu ainda dou sorte e o encontro aqui e ali, mas quase sempre ele me assusta como naquele dia em que o vi pela primeira vez.

– O que houve com ele, tia?

– Quem sabe? O desprezo dele para com Epaminondas tornou-se ainda maior do que aquele de Epaminondas para com ele. Seu tio disse que teria as terras de Epaminondas. Tornou-se a obsessão dele e ele fez tudo pacientemente até consegui-las. Todas elas.

– Ele roubou?

– Deus me livre, não! De maneira alguma. Você conhece seu tio, pois conhece melhor ainda seu pai. Sabe que eles não são assim.
– E o que ele fez então?
– Algo bem pior.
– Como?
– Ele embebedou Epaminondas...
– Mas... mas...
– Seu tio esperou pelo momento em que ninguém mais quisesse emprestar dinheiro a Epaminondas, ou se interessasse por qualquer outra coisa que estivesse vendendo, mas pelo contrário, estivessem cobrando tudo o que devia, o que não era pouco.
– Ele emprestou o dinheiro?
– Ele pagou tudo o que Epaminondas devia e depois o procurou querendo receber até o último níquel.
– Ele não tinha...
– É claro que ele não tinha e seu tio sabia muito bem disso. Diz ele que foi gentil com Epaminondas e garantiu que os dois encontrariam um jeito de resolver a situação, pois afinal de contas eram amigos, algo assim. Os dois beberam, Epaminondas se mostrou grato e até arrependido do que dissera a seu tio, que aceitou as desculpas, mas continuou bebendo, porém tendo o cuidado de fazê-lo beber bem mais. Não sei de todos os detalhes e nem sei bem se seu tio me contou e eu preferi esquecer. De qualquer forma, quando saiu da casa onde Epaminondas vive até hoje, ele tinha a assinatura de Epaminondas em todos os papéis que levara e garantiam a venda das fazendas dele para seu tio.
– Meu tio fez isso?
– Fez...
– Que horrível, tia. Se meu pai souber...
– Seu pai sabe, querido. Seu tio contou...
– Mas ele...

– Ele não fez nada? É, eu sei. Ele não fez nad... ou melhor, quase nada.

– Não entendi...

– Por que acha que seu pai e seu tio não se falam e quando se falam, o que acontece muito raramente, acabam brigando?

As pessoas mentem e mentem pelos mais variados motivos e por todo e qualquer pretexto, até com a melhor das intenções. No entanto, as piores mentiras serão sempre aquelas que contamos para nós mesmos.

Sabe por quê?

Porque acabamos acreditando nelas ao ponto de transformá-las numa verdade angustiante, aquela que contamina e envenena perversamente as nossas maiores e melhores certezas. Penso nisso hoje, velho e vitimado por dores e angústias bem mais recentes. Naquele momento, a minha perplexidade e confusão eram infinitamente maiores. Mesmo assim ou apesar disso, sei lá eu, pensava na imagem que fazia até então de meu tio e de meu pai, das relações entre os dois, aquelas a que eu me aferrara tão fortemente e que via, pelo menos em parte, desmoronar diante das palavras de minha tia. A verdade, afinal de contas, seria um hiato nas mentiras cotidianas que nos contam ou que contamos para nós mesmos? E eu poderia acreditar absolutamente no que minha tia me contava? E Epaminondas? Seria outro mentiroso?

Puxa, doeu de verdade descobrir pela primeira vez que a vida não era feita de coisas tão simples e interessantes como a felicidade e a alegria.

O que estou dizendo?

A alegria e a felicidade estão bem distantes de serem coisas simples e fáceis de se alcançar.

Ficamos calados. Sentados. Cansados por algum motivo que pelo menos eu não soube definir muito bem naquele momento. Identifiquei até um certo alívio no olhar de minha tia, como se ela tivesse acabado de se livrar de um peso insuportável, algo desagradável. Além disso, nada mais. Apenas o silêncio que continuou mesmo depois que ela se levantou e saiu da sala; e estendeu-se por todo o jantar (atraindo o olhar desconfiado de meu tio para mim e para ela, sua suspeita agravando o desprezo que passei a sentir por ele).

Os dias seguintes tornaram-se vazios de significados e importâncias para mim. Eu levantava, fazia tudo e qualquer coisa mecanicamente, sem vontade, e, entediado, passava pelos minutos e pelas horas até retornar para a cama e para um sono geralmente intranquilo, volta e meia pontilhado de imagens ruins, patéticas reproduções de tudo o que minha tia me contara. Nem mesmo as dificuldades escolares de Pachequinho, meu único e verdadeiro amigo (apesar da chateação que senti ao saber que me protegia e espionava), me interessavam mais (desde que dissera para o professor que pretendia ser advogado quando crescesse, seu professor divertia-se humilhando-o e criando toda sorte de dificuldades para ele, pontuando muitas delas com uma frase infame que ele reproduziria mesmo depois de realizar o seu sonho e estaria até no discurso de sua formatura: "Onde já se viu negro ser advogado!").

Sozinho eu não me sentia melhor, mas pelo menos não me via obrigado a ter que lidar com as perguntas chatas e sempre iguais dos outros.

Eu não queria pensar em nada, mas sabia que isso, além de ser uma bobagem, era impossível. Querendo ou não, você pensa e, quando eu pensava, pensava em tudo o que ouvira de minha tia, mas antes de mais nada, nas tantas histórias que ouvira de Epaminondas Goiabeira. Muitas vezes eu me sentia traído em minha ingenuidade e boa fé. Eu acreditava. É, naque-

les tempos eu acreditava com mais facilidade na vida e nas pessoas.
Bobo, eu, não?
Não, apenas criança.
Acreditar sem ressalvas é coisa de crianças e de tolos. Nem sempre é fácil deixar de ser as duas coisas na vida.
Hesitei. Cheguei a pensar em não procurar mais Epaminondas. Nunca mais, disse para mim mesmo, magoado e sentindo-me bobo demais por acreditar facilmente em tudo o que ele contava ou me valendo dele para descarregar todas as frustrações provocadas em mim pelo que tia Elvira contara. A raiva que sentia de meu pai, meu tio, até de minha tia.

Boas pessoas não faziam o que eles fizeram, pensava sempre que meus olhos os alcançavam em torno da mesa de jantar ou buscavam a lembrança austera e inatacável de meu pai em algum ponto da memória; quando via Epaminondas passar na praia, seguramente a sós com a grandiosidade de suas ideias absurdas, dominado pelo semblante sorridente e igualmente misterioso de uma felicidade que concretizava num engenho a que dera o nome de "Argonauta".

Por fim, cansado de minhas próprias dúvidas e ressentimentos, o encontrei numa certa manhã, quando ele mais uma vez passava pela praia com seu bloco de folhas de papel enormes e amareladas e os longos olhares para o mar (e agora eles não me pareciam tão misteriosos, tinham uma razão de ser).
Ele sorriu ao me ver.
– Sumido, hein? – observou.
Nada disse, cara amarrada, muita raiva no coração.
– Algum problema?
Obstinei-me em meu silêncio, menos por birra ou contrariedade e mais por não saber o que dizer. Fiquei

perambulando mente adentro, retido aqui por bifurcações confusas e trilhas sem saída, titubeando entre fazer as perguntas que me assombravam há dias ou prosseguir bovinamente ouvindo tudo aquilo que sabia antecipadamente vitimado pela descrença, se não total, pelo menos parcial, o que no fim, redundava na mesma perplexidade e consequente pouca fé.

Penso que foi o meu obstinado silêncio que me traiu. Ele deve ter cutucado a curiosidade de Epaminondas. Minha cara de poucos amigos deve ter ajudado um pouco, outro tanto o meu reduzido interesse por aquelas intermitentes paradas as quais ele realizava com o único intuito de preencher as grandes folhas de papel com seus habituais e impenetráveis cálculos e desenhos, o beco sem saída delirante e imaginativo que inevitavelmente me levava a supor que conduziria a novos aperfeiçoamentos ou igualmente novos destinos para a máquina da felicidade.

No somatório geral de todas as minhas suposições, descabidas ou não, os corpos açoitados pela forte ventania que soprava da praia da Baleia e quase nos derrubava, tudo começou com uma pergunta boba:

– Tudo bem?

Encarei Epaminondas e disse simplesmente:

– O senhor nunca me falou de sua mulher e de seu filho.

Ele inquietou-se e rugiu com brusquidão:

– Não gosto de falar sobre isso!

Afastou-se.

Fui atrás dele, indagador selvagem, chateado por acreditar-me feito de bobo.

– Por que não? Não gostava deles?

Ele estacou e virou-se para mim, olhos beligerantes, indignação repentina, crescente.

– Você não sabe o que está dizendo.

Penso que estava com tanta raiva ou com a mesma quantidade de curiosidade, que sustentava o seu olhar e insisti:
– Não, claro que não...
– Eu gostava muito deles...
– Se é assim...
– É sim!
– ... por que não fala deles?
– Porque sinto muito a falta deles... – ele mal conseguiu terminar a frase antes de começar a chorar.
Meu constrangimento foi imediato, mas nesses momentos arrepender-se é bobagem. Aconteceu. Ficou para trás do jeito que me recordo e nada que eu faça, pense ou diga irá mudar qualquer coisa. Tolice martirizar-se pelo que não tem conserto. No entanto, reconheço que fui cruel, muito cruel naquele momento como só uma criança consegue sê-lo, ou seja, sem muitas vezes ter a intenção ou sem compreender a extensão exata da maldade que pratica. Alguma coisa eu compreendi à medida que ele não parava de chorar e meu constrangimento foi se agigantando, esmigalhando-me entre dedos invisíveis, mas terrivelmente poderosos.
"Apenas diga a verdade", devia ter pedido, até suplicado, naquela hora, mas eu não fiz nada, não consegui dizer mais nada, desejando somente que parasse de chorar.
– É verdade... – gaguejei. – Quer dizer, sobre sua família...
Esperei com ansiedade por uma resposta, mas temi que não fosse capaz de acreditar nela. Definitivamente não esperava pelo que ouvi...
– Não é natural que um filho morra antes de seu pai. Não há nada pior, dor alguma supera tamanha perda. Como viver depois disso?

Sem saber o que dizer, morto de vergonha, continuei calado, mas angustiado, desejei que fosse embora ou pelo menos parasse de falar.

Inútil.

– A morte não parece algo tão feio e assustador depois que a vida perde todo o seu sentido e importância, você sabia? – prosseguiu, desencantado. – Se não fossem pelos livros e escritos que herdei de meu tio, talvez eu tivesse escolhido tal destino – um sorriso inesperado e até assustador suavizou as linhas de dor profunda em seu rosto muitas e muitas vezes envelhecido; mais me assustou do que tranquilizou, pareceu doentio e sem propósito. – Foram eles, filho. A bendita herança de meu tio que eu desprezara por anos. Foram eles que me deram a certeza de que minha perda era passageira e perfeitamente reversível, que eu teria a minha família de volta...

Impacientei-me e abismado diante de tão renitente e ainda inabalável convicção (que me soava cada vez mais absurda), perguntei:

– Como, Epaminondas, como?

Era tudo o que eu gostaria de saber. Qualquer explicação servia se fosse minimamente aceitável, capaz de tranquilizar meu coração e devolver-me à antiga crença que alimentava por tudo o que me dizia.

Ele sorriu e odiei aquele sorriso. Eu já o conhecia e antecipei mentalmente o que ele disse pouco depois:

– Tudo a seu tempo, menino...

– Você já conseguiu?

– Consegui? Consegui o quê?

– Voltar a vê-los, o que mais?

– Hein?

– Sua mulher e seu filho...

– Ah...

– Você conseguiu?

O sorriso alargou-se um pouco mais, misterioso, um pouco zombeteiro, criança travessa fugindo mais uma vez de uma resposta simples e clara, mas igualmente embaraçosa sobre algo que conservava obstinadamente para si.

– Vocês, jovens, são tão impacientes – desconversou, enxugando as lágrimas com as costas da mão trêmula e azul de veias enormes e dedos tortos.

– Mas Epaminondas... – parei ao ver meu tio aproximando-se pela praia atrás dele.

Calei-me, assustado, temendo que ele dissesse qualquer coisa, mas temendo bem mais que fizesse qualquer coisa contra mim, contra Epaminondas ou, o que era mais provável, contra nós dois.

– Vamos embora! – foi tudo o que ele disse.

Titubeei. Busquei apoio na figura ainda sorridente de Epaminondas, mas ele limitou-se a balançar a cabeça e dizer:

– É melhor mesmo você ir, filho.

Decepção. Foi o que senti. Uma profunda decepção.

Esperava mais dele. Na verdade, penso que esperava demais dele. Nada aconteceu e depois de uns instantes nos entreolhando – eu, Epaminondas e meu tio –, os olhares cortando o silêncio sem proveito algum, a não ser servir para aumentar a impaciência de meu tio, meu próprio constrangimento e o alheiamento crescente de Epaminondas, meio caminho entre o tédio e o desinteresse com relação ao que acontecia à sua volta, como se ele não se importasse comigo ou com meu tio, com o que imaginava que meu tio faria comigo, parti.

Quer saber?

Eu estava com tanta raiva que nem olhei para trás. Confesso que naquele instante me preocupava muito mais com meu tio. Caminhando lado a lado pela estrada, sequer olhei para ele. Olhos fixos no caminho

esburacado, obviamente esperava pelo pior, sendo o pior, claro, outra surra.
– Vai me bater? – perguntei em dado momento.
Sem olhar para mim, meu tio contrapôs:
– Vai adiantar?
Fiquei mudo de surpresa e não querendo arriscar mais a minha sorte, me calei. Sobreveio então um longo silêncio interrompido apenas pelos nossos passos lentos, cada qual refugiado num mutismo cheio de indagações, algo bem desagradável.
Estava nos olhares que não trocávamos. Na maneira como eu olhava para a ponta dos meus sapatos para escapar aos olhos dele, fixos no caminho a nossa frente (ou assim ele queria que eu pensasse). Na maneira como meu tio esfregava repetidamente o nariz ou vasculhava os bolsos como se procurasse algo que não encontrou; o que se escondia no fundo de seu olhar.
– A tia me contou – nem sei por que disse o que disse, mas disse e fiquei sem saber o que esperar (confesso que um tapa foi uma hipótese que rondou minha cabeça naqueles segundos que se seguiram ao meu arrependimento).
– Ela contou para mim também... meu tio olhou-me nos olhos e explicou: – quer dizer, o que contou para você.
Senti-o como sempre enérgico, mas um laivo de inopinada condescendência em suas palavras me deixou sem entender muito bem o que se passava.
Escolhi o silêncio. Quer dizer, tentei ficar em silêncio. Fui andando ao lado dele, evitando olhar para ele, ignorando seu queixo erguido e ar imponente, aquele andar autoritário e tão cheio de si (aliás, em tudo parecido com o de meu pai, alguém tão cheio de respostas que prescindia absolutamente de perguntas), como se o que minha tia contara não tivesse a menor

importância (e devia ter, pois se não por que ele insistia tanto para que eu não falasse com Epaminondas?).
Deu raiva e da raiva veio um medo cada vez menor, um atrevimento repentino, que me devolveu a uma curiosidade recente:
– Por que o senhor tirou as terras do Epaminondas?
Meu tio fungou forte, enchendo os pulmões de ar e as palavras de sua resposta de uma redobrada paciência:
– Foi melhor assim – respondeu. – Nas mãos daquele louco, essas terras já teriam se tornado um matagal imprestável e a mercê das vossorocas e de todo um bando de aproveitadores que já estavam prestes a tomar as outras fazendas na serra...
– Essa é a sua desculpa para enganá-lo? – reagi.
Ele me deu um tapa e eu recuei, assustado, ao vê-lo avançar em minha direção. Pensei que fosse começar a apanhar ali mesmo. Mas ele não me bateu. Com os olhos dardejantes de uma raiva fria e bem controlada, ele contrapôs:
– É a minha certeza, e talvez um dia, quando for maior e a sua fé nas pessoas for menor, você ainda venha a concordar comigo.
Dito isso, afastou-se.
Fui atrás dele. O rosto doía. A raiva era grande, porém tola e impotente, e talvez por isso mesmo, só fizesse crescer, mas eu o acompanhei. Dois ou três passos atrás, entretanto o acompanhei.
"Onde já se viu?", pensava eu, "roubou as terras de uma boa pessoa, por sinal, meu melhor amigo, me bate e ainda quer ter razão?
Desaforo!
O casarão apareceu logo depois e ambos nos inquietamos ao avistar tia Elvira indo e vindo, uma expressão preocupada no rosto pálido e choroso, pelo gramado.

Olhei para ele e ele olhou para mim. Avançamos mais apressadamente.
– O que foi, Elvira? – perguntou meu tio ao alcançá-la.

Preocupei-me quando os olhos dela desviaram-se de meu tio e fixaram-se em mim, apreensão e constrangimento misturando-se de modo confuso, mas persistente em seu olhar.

Meu tio repetiu seu nome com brusquidão, tão preocupado quanto eu.

– "O que houve?", insistiu com impaciência.

– É o seu irmão... – ela gemeu, acuada pelos nossos olhares de curiosidade e crescente preocupação. – Ele... ele... a notícia acabou de chegar...

– O que tem ele?

– Ele morreu...

O resto eu não ouvi. Estranho. Ela irrompeu num choro convulsivo, o corpo sacudido por espasmos preocupantes (dava a impressão de que desfaleceria a qualquer momento, tal era o seu nervosismo e desespero), mas continuou falando, dizendo coisas, as palavras atropelando umas as outras ou, pelo contrário, pairando no ar, interrompidas e logicamente, sem sentido, mas eu não ouvia. Não sei explicar. Eu apenas não conseguia ouvir. Lembrava de meu pai e eram muitas lembranças, fragmentos deambulando mais e mais febril e apressadamente, misturando-se, entrecruzando-se e por conta disso, perdendo todo e qualquer sentido. Minha tia desmaiou e eu vi meu tio a pôr nos braços e hesitar por um instante, sua preocupação estampada no olhar que ia de mim para ela e dela para mim, titubeante, antes que a carregasse para dentro e eu ficasse lá, parado, a sós com a grande confusão que era a minha cabeça mesmo depois que o vi desaparecer atrás da porta que fechou-se barulhentamente na minha cara; imobilizado pela incompreensão acerca do que realmente estava acontecendo.

Demorou. Veio aos poucos. Com a chuva que desabou ao entardecer e como ela, foi crescendo dramaticamente, até converter-se num temporal de negação e sucessivamente, da incompreensão e revolta.

A Espanhola finalmente o alcançara. Ele morrera dentro do carro que o levava de volta para casa em Botafogo. Não deixara nada, nem carta nem bilhete, sequer uma palavra de despedida que alguém (o motorista, um transeunte, um policial qualquer) fosse capaz de repetir para mim (que idiota eu fui naquele instante, pensei muito tempo depois. Como poderia? Ele não sabia que ia morrer e muito menos, naquelas circunstâncias). Morrera no silêncio em que vivera quase a vida inteira.

Senti-me injustiçado, abandonado e só, roubado na possibilidade de ter passado aqueles últimos meses em sua companhia e, ao mesmo tempo, roubado por ele, que me mandara para a casa de meus tios, principalmente para meu tio, alguém que estava aprendendo a desprezar.

Trancado em meu quarto, chorei, mas a revolta foi inacreditavelmente maior. O inconformismo também.

Meu pai não podia estar morto. Absurdo. Não podia ser verdade. Quando Heloísa bateu na porta e disse qualquer coisa, gritei que fosse embora, que me deixasse em paz e, diante de sua insistência, a tranquei com raiva e vergonha (não queria que ninguém visse minhas lágrimas, muito menos ela).

– Me deixem em paz! – berrei diante dos apelos de minha tia. Calei-me quando foi a vez de meu tio bater na porta e ele o fez por duas ou três vezes (confesso que não contei), antes de também desistir.

Queria ficar sozinho, remoer um monte de ideias e pensamentos, a amargura e a mágoa, refletir sobre "o que poderia ter sido", "o que poderíamos ter feito juntos" (meu pai e eu), sobre a mesquinhez idiota que foi a dor dele pela perda de minha mãe (como se fosse apenas dele tal dor) e como ela nos separou. Pensei e pensei. Pensei tanto que nem sei bem quando, por fim, adormeci. Recordo-me que sonhei. Sonhei com Epaminondas, acredita nisso?

Sonhei com Epaminondas. Ele sorria e contava uma história. Uma das tantas que ouvira naqueles meses em sua companhia. Nem sei se a ouvira ou se em meu sonho, acreditava que a ouvira ou que estava ouvindo, outra confusão. De qualquer forma, estávamos nas três ilhas e ele contava displicentemente uma história enquanto rabiscava qualquer coisa mais uma vez indecifrável numa das folhas amareladas de seu grande bloco de papel...

"... seu nome era Qin Shi Huangdi, ele foi o primeiro imperador da China. Nunca houve homem com tanto poder sobre tudo e sobre todos como Huangdi. Nunca, nem antes nem depois, se conheceu alguém tão poderoso, respeitado e temido. No entanto, até o homem mais poderoso sobre a terra, aquele a quem todos temiam, era imune ao Grande Medo e o grande medo, como sabemos ou mais cedo ou mais tarde iremos descobrir, sempre atenderá por um único e sombrio nome: Morte.

Huangdi, o destruidor de mundos, o conquistador de reinos, o forjador de impérios, o senhor de vidas, o ceifador de sonhos, era, afinal de contas, igualado ao mais miserável e despossuídos de seus súditos num único e grande temor: o medo da morte (e por vezes, até o suplantava em tal temor).

Tão constrangedora constatação o revoltava. Um homem como ele não deveria ser privado de sua grandiosidade por algo tão comum a todos quanto o tempo. Rapidamente, ele tornou-se obcecado com a sua imortalidade. Sábios e alquimistas foram convocados de todos os cantos do mundo para ajudá-lo a vencer a morte. Huangdi sonhava com a imortalidade e em busca dela empenharia sua riqueza e a própria vida. Numa certa época, um viajante lhe falou das ilhas de Penglai, onde, segundo ele, viviam pessoas que detinham o conhecimento acerca da imortalidade. Segundo ele, no mar de Bohai, depois de três dias de travessia, chegava-se a três ilhas sagradas, com palácios de ouro e prata, nas quais nasciam árvores cujos frutos de jade conferiam a vida eterna.

Huangdi encantou-se com o relato e nos meses que se seguiram, engajou-se na organização de uma expedição com milhares de rapazes e moças de comprovada e necessária pureza, que vestiria inteiramente de branco. Seriam seus emissários e estariam incumbidos de trazer tão abençoados e miraculosos frutos para ele. Todos partiram alentados pela promessa de serem recompensados com fortunas fabulosas se tal preciosidade fosse trazida.

Depois que partiram, todos os dias Huangdi não afastava da praia mesmo quando a noite chegava. Por muitos e muitos anos, igualmente obcecado e desesperado, seria visto à frente de um pequeno séquito, contemplando o mar e esperando ver um daqueles jovens retornar com o precioso fruto da imortalidade...

– E ele conseguiu?

– Ele acreditava que um dia teria um daqueles frutos para si.

– Mas...

– O mais importante na vida é acreditar, meu rapaz. Se você acredita, tudo é possível..."

Despertei daquele sonho com seu nome nos lábios:

– Epaminondas! Epaminondas!
Nem sei o que deu em mim. Loucura. Infantilidade. Desespero. Um monte de outros tantos sentimentos misturados a esses e materializados naquela angústia provocada pela perda de meu pai. A revolta pela morte de meu pai, sei lá eu!
Até hoje não sei. Sei apenas que saltei da cama e corri para fora do casarão. Não sei bem em que pensei, porque pensei ou mesmo se pensei em alguma coisa. Foi uma ideia estranha que começou a aparecer em minha cabeça e que ganhou corpo, consistência, possibilidade, até se tornar real, real demais para eu acreditar que era possível.

Esgueirei-me pela casa às escuras e alcancei a porta que me levou de encontro à chuva forte que caía desde o anoitecer. O vento que soprava da praia atingiu-me com violência e quase me derrubou. Escorreguei e cambaleei no chão lamacento. As roupas grudaram em meu corpo, completamente encharcadas.

Não sei o que deu em mim. Sinceramente.

Medo. Muito medo. Muitos medos que assombraram meu sono e, naquele instante, povoavam a escuridão que me perseguia pela estrada esburacada.

O mar não estava longe. Rumorejava de algum lugar à minha frente, feroz. As árvores eram criaturas medonhas que se agitavam e se inclinavam, como se procurasse me alcançar com seus longos galhos, quando o clarão dos relâmpagos abria trilhas luminosas e pareciam me orientar para onde eu deveria ir. Cheguei a duvidar que estivesse acordado.

Estaria ainda dormindo e dentro de um terrível pesadelo?

As três ilhas mágicas de Huangdi e a esperança de imortalidade que poderiam – por que não? – ser as três ilhas onde encontrei Epaminondas?

Bastava acreditar e as coisas poderiam acontecer. Repeti várias vezes, querendo acreditar que fosse. Que aquilo que Epaminondas dizia e repetia podia ser verdade. Quis acreditar que ele só dizia verdades, a começar pela máquina da felicidade, e que ela poderia me devolver o que eu acabara de perder e com isso, curar-me de todo o arrependimento que me acossava desde que eu recebera a notícia da morte de meu pai.

Eu queria uma segunda chance para nós dois. Precisava apenas de uma oportunidade.

Epaminondas.

Seu nome me alcançou ainda no meu sonho, aquele do qual eu ainda não sabia se realmente abandonara. Havia uma possibilidade. Epaminondas era tal possibilidade. Eu acreditava. Queria. Precisava. Desejava desesperadamente acreditar. Voltando rapidamente para os dias de hoje (em que eu gostaria de ter crença semelhante), parecia absurdo o que pensei e pior ainda, no que acreditei naquela noite, correndo feito louco através daquela chuva terrível, ignorando até meus próprios temores (a escuridão, os buracos da estrada, o mar que poderia estar próximo demais e abrir-se sob meus pés feito armadilha, tragando tudo, a começar por minha vida, qualquer possível descrença). E era realmente a mais genuína loucura e despropósito.

Eu corria, corria, corria... Deus, nunca corri tanto como naquele dia!

O que é verdade e o que nós queremos que seja, pelo menos naquele momento, aparentava ser a mesma coisa e estava ao meu alcance. Bastava tão somente acreditar.

Absurdo?

Plaft, plaft, meus pés chapinhando na lama grudenta desmentiam minhas dúvidas. Ensurdeciam-me contra qualquer grito de racionalidade que irrompesse de dentro de mim.

O clarão de um relâmpago investiu o casarão de Epaminondas de um intenso brilho azulado e fantasmagórico. Corri em sua direção mesmo depois que a escuridão voltou e devolveu-me a todos os medos que me acompanhavam. Soquei a porta da frente com força, muita força, para vencer o ribombar até então invencível dos trovões. Nem sei por quanto tempo bati antes da porta ceder com um rangido e a luz do lampião que Epaminondas erguia a altura do rosto, ferir meus olhos.

– O que você está fazendo aqui numa noite dessas, menino? – ele perguntou, puxando-me para dentro.

– A máquina... – gemi, praticamente sem fôlego.

– Hein?

– Você precisa me ajudar.

– Fale devagar. Eu não estou entendendo nada. O que tem a máquina?

– Você precisa me ajudar.

– Como?

– A máquina...

– O que tem ela?

Ficamos nos olhando por certo tempo. Por uns instantes, apenas o ploc-ploc da água que pingava de minhas roupas ensopadas ou o tiquetaquear dos vários relógios, repetiam-se casa adentro, o lampião nos aprisionando numa ilha luminosa e quase circular de perplexidade.

– Meu pai morreu, Epaminondas – disse por fim.

Epaminondas piscou. Uma, duas, muitas vezes.

Medo. Subitamente vi uma centelha de incômodo e medo em seus olhos. Um passo para trás. Eu o vi acuado e percebi que era por mim ou pelo que eu dizia.

– Meu pai morreu... – repeti, fazendo meu medo o medo dele também, algo que ele nem fazia questão ou não conseguia esconder.
– Mas menino...
– Se você pode, se a sua máquina é capaz de fazer, devolve a minha felicidade, vai...
– Não é tão simples assim, filho.
– Por que não?
– A máquina está quebrada e eu estou sem peças para consertá-la – nossa, a mentira em suas palavras doeram mais nele do que em mim, que a notei de imediato, misturada àquele medo enorme que o fazia tremer sem parar. Um medo que eu só fui compreender muitos anos mais tarde.
Agarrei-me a ele.
– Mas Epaminondas...
Ele desvencilhou-se de minhas mãos com um salto, os olhos esbugalhados, e então, apavorado, repetiu:
– Não dá! Não dá!
Corri para dentro do grande salão e enveredei pela escuridão do quarto menor contíguo à esquerda, onde parei diante da máquina, a máquina da felicidade que ele dizia e repetia, o devolvia à mulher e ao filho, aquela que ele chamava de "Argonauta". Senti sua presença e quando a mão que não segurava o lampião fechou-se com força no meu ombro, virei e implorei:
– Vai, liga a sua máquina e traz meu pai de volta.
– C-C-Como? – ele gaguejou.
– Traz meu pai ou me leva até ele. A sua máquina não consegue? Você disse...
Minha decepção emergiu bem vagarosamente do fundo dos olhos dele, a partir do horror e do desespero que vi dentro deles quando Epaminondas balbuciou:
– Não posso...
E quanto mais eu insistia, mais ele repetia...

– Não posso... não posso...

Em dado momento, encurralado junto à máquina, Epaminondas abriu a porta circular que levava para dentro e entrou, se trancando, o rosto espremido contra o vidro de uma das escotilhas, uma apavorante máscara de terror, a boca arreganhada, abrindo e fechando enquanto repetia (eu não ouvia mas algo me dizia que era assim):

– Não posso... não posso... não posso...

Ele ainda insistia mesmo depois que meu tio e Pachequinho entraram. Eu continuei olhando para trás. Os dois me puxaram para fora da sala, para longe da máquina dentro da qual Epaminondas se trancara, mas continuei olhando para ele, vendo o medo em seus olhos, o horror por trás de tanto medo provocado pela coisa mais dolorosa desse mundo, a verdade.

Sem querer, pois eu desejava sinceramente que a sua máquina funcionasse, que sua proposta absurda fosse real, eu o empurrei para algo assustador: a realidade de que ele era um homem só e sem qualquer possibilidade de alcançar a felicidade novamente.

Nada poderia ser mais aterrorizante para Epaminondas Goiabeira.

Penso que no fundo, no fundo, bem lá no fundo de sua alma alegre e sempre cheia de delirantes esperanças – nem sempre justificadas ou corretas – sobre o homem e as coisas que ele faz ou é capaz de fazer quando acredita em alguma coisa, a começar pela sua capacidade de imaginar, ele sabia que jamais seria possível uma máquina capaz de nos oferecer de mão beijada a felicidade, sem esforço algum, a não ser, é claro, o de apertar certos botões ou puxar essa ou aquela alavanca. Talvez fosse isso o que pretendesse me dizer com seus esforços inúteis mas carregados de sentido, pelo menos para ele.

A felicidade é uma coisa única e cada um tem a sua, encontra a sua e a sua maneira, mesmo mentindo para si mesmo. A Máquina, por mais inútil que fosse ou aparentasse ser (pelo menos para mim e somente naquele instante de profunda decepção e amargura), era a dele depois que tudo mais que definia como felicidade (a mulher, o filho e a vida que levava com ambos), tornou-se impossível. Nada muito diferente do que muitos de nós, de modo diferente, concebendo "máquinas distintas de felicidade", não fazemos quando perdemos ou temos medo de perder a própria.

É, foram longos dias de chuvas e amadurecimento aqueles na companhia do velho Epaminondas Goiabeira.

Sabe de uma coisa?

Deu até pena (de mim mesmo) crescer mais um pouco depois daquele dia. Decepcionei-me muitas vezes ao longo de todo esse tempo e menti em igual medida. Não gostei do que fiz. Tive certeza de que, mais cedo ou mais tarde, seria inútil e eu seria devolvido à verdade com a mesma violência e brusquidão. Epaminondas tornou-se meu refúgio nessas horas e sua lembrança, um pálido bálsamo para qualquer tolo arrependimento (como agora, quando descubro que o filho que fingi não saber que se envolvia até de arma na mão contra o governo da ditadura, acaba de ser morto ou "suicidado" numa masmorra sórdida em qualquer lugar do Rio de Janeiro).

O que fazer, né?

É apenas a vida. Simplesmente a vida.

Alguém te disse que era uma coisa boa para sempre? Mentiram para você.

Aliás, as mentiras que contam para nós mas, principalmente, as que contamos para nós mesmos só pioram as coisas quando, como eu fiz com Epaminondas naquela noite, inevitavelmente somos confrontados com a realidade. Podemos até acreditar que elas nos ajudam a seguir em frente (como até meu tio acreditava, pois, cúmplice e igualmente cheio de dor de consciência, era ele que pagava pelas peças que Epaminondas dizia encomendar para fazer a máquina finalmente funcionar, algo que vim a saber muitos anos mais tarde, quando eu e Heloísa quase nos casamos), mas duas perguntas sempre surgirão em nossas mentes quando tentamos enveredar absolutamente por tal crença: por quanto tempo? A que preço?

Acredito até que Epaminondas continuou sonhando, acreditando e provavelmente, sabe-se lá quando, viajou ao encontro da mulher e do filho, e na sua máquina. Eu também tentei durante certo tempo. Estava exatamente me preparando para projetar a minha própria "Máquina da felicidade" (eu não sabia muito bem como seria, mas já acreditava ser possível) quando a notícia da morte de meu filho chegou. Não dá mais. Eu bem que gostaria. Queria ser como Epaminondas. Mas não posso. Tenho que enterrar meu filho.

Que inveja, Epaminondas, que inveja!...

Júlio Emílio Bráz nasceu em 16 de abril de 1959. Autor de livros infantis e juvenis há quase quarenta anos, começou sua carreira literária de maneira curiosa: desempregado, aceitou convite para escrever roteiros para as revistas de terror da antiga Editora Vecchi em outubro de 1980. Seguiram-se publicações em outras editoras no Brasil e países como Estados Unidos, Bélgica, Portugal, entre outros e sua primeira premiação: o Ângelo Agostini da AQC como melhor roteirista de quadrinhos de 1986. Em 1983 começa a escrever Bolsilivros de bang bang para a Editora Monterey, escrevendo cerca de quatrocentos títulos sob 39 pseudônimos também para editores como Nova Leitura e Cedibra. Em 1988, publicaria seu primeiro infanto-juvenil, *Saguairu*, pela Atual Editora, e no ano seguinte ganharia o Prêmio Jabuti de Autor Revelação. Em 1990 escreveria *sketches* de humor para o humorístico Os Trapalhões na TV Globo e atualmente dedica-se exclusivamente a Literatura infanto-juvenil, com quase duzentos livros publicados no Brasil e no exterior (em 1997, a tradução para o alemão para seu livro *Crianças na Escuridão – Kinder im Dunkeln –* lhe daria prêmios na Suíça – o Blaue Brillenschlangue – e na Áustria – o Austrian Children Blooks Award.